Irma Krauß

Arabella oder

Die Bienenkönigin

Für meinen Vater, den Imker,
und für meine Mutter, den guten Geist an seiner Seite

Dieses Buch wurde ausgezeichnet mit dem Peter-Härtling-Preis für Kinder- und Jugendliteratur, der alle zwei Jahre von der Stadt Weinheim an hervorragende Manuskripte der erzählenden Literatur für Kinder oder Jugendliche vergeben wird.
Jury zum Peter-Härtling-Preis:
Hans-Joachim Gelberg (heute Autor und Herausgeber), Peter Härtling (Autor), Prof. Susanne Krüger (Hochschule für Bibliotheks- und Informationswesen, Stuttgart), Heike Mundzeck (Journalistin), Käthe Plöger (Buchhändlerin), Dietmar Pfennigschmidt (Dipl. Bibliothekar und Bibliotheksleiter der Stadt Weinheim).

Irma Krauß

Arabella oder Die Bienenkönigin

Roman

BELTZ & Gelberg

Irma Krauß, geboren 1949 im schwäbischen Unterthürheim, studierte in Augsburg Pädagogik und arbeitete sieben Jahre lang an einer Schule. 1989 veröffentlichte sie ihre erste Erzählung für Erwachsene. Seither widmet sie sich ganz dem Schreiben und hat bisher zahlreiche Kinder- und Jugendbücher veröffentlicht. Heute lebt Irma Krauß mit ihrer Familie in Buttenwiesen in der Nähe von Augsburg. Im Programm Beltz & Gelberg ist *Arabella oder Die Bienenkönigin* ihre erste Veröffentlichung.

Programm Beltz & Gelberg, Weinheim

Lektorat Susanne Härtel
Einband von Peter Knorr
Neue Rechtschreibung
Gesamtherstellung
Druckhaus Beltz, 69494 Hemsbach
Printed in Germany
ISBN 3 407 79800 8
1 2 3 4 5 03 02 01 00 99

1

Wir sind umgezogen, von Augsburg hinaus aufs Land, in ein Kaff namens Lützelheim. Ich bin nicht gerade glücklich darüber. Nein, eher das Gegenteil. Ich vermisse die Stadt und meine Schule und meine Freunde. Außerdem muss ich im Moment beobachten, dass mein Vater spinnt. Wer vom Landleben nichts versteht wie er, sollte die Finger davon lassen. Also wirklich, er macht sich total lächerlich. Ich kann schon nicht mehr hinschauen und bin erst mal abgezischt. Jetzt sitze ich in der Baumfestung am Waldrand, von wo ich ihn leider noch immer ziemlich gut sehen kann.

Die Baumfestung ist mein bevorzugter Platz. Ich habe sie nicht gebaut, dazu bin ich noch nicht lange genug in Lützelheim. Sie gehört Jochen Sailer und seiner Truppe, sechs Jungen und einem Mädchen in Kampfanzügen, Schnürstiefeln und Militärkappen. Sobald die Sailer-Truppe in ihrer olivgrünen Tarnkleidung auftaucht, sollte ich schnell abhauen. Notfalls springe ich – es ist ja weiches Wiesengras da unten.

An unserem Garten geht ein Mann mit seinem Hund vorbei, hoffentlich sieht er nicht, was mein Vater da tut.

Es ist verdammt seltsam, auf dem Land zu leben.

Immerhin haben drei Generationen meiner Familie in der Stadt gewohnt: mein Opa, mein Vater und ich. Mein Opa zog von Lützelheim freiwillig weg, als er etwas älter war als ich, so mit vierzehn. Er fing in Augsburg eine Lehre an und blieb für immer dort. Mein Vater ist in der Stadt geboren und aufgewachsen und war nur manchmal in den Ferien hier draußen in Lützelheim bei seinem Großvater.

Sein Großvater – also mein Urgroßvater – ist vor ein paar Jahren gestorben und hat meinem Vater das Grundstück vermacht. Daraufhin hat meinen Vater der Rappel gepackt mit Hausbauen, Aufs-Dorf-Ziehen und so weiter. Meine Mutter hatte nichts dagegen. So kam es, dass die dritte Generation – also ich – wieder hier gelandet ist, und zwar unfreiwillig.

Ich könnte mich mit der Gegend ja durchaus anfreunden, wenn da nicht ein paar Dinge wären, die mir das Leben vermiesen. Zum Beispiel die Sailer-Truppe. Die nehmen keine Zivilisten auf. Ich bin ein Zivilist, weil ich keinen olivgrünen Kampfoverall habe und keine Militärkappe und keine Schnürstiefel.

Mein Vater, den ich darum angebettelt habe, wurde leider gleich zornig. Für solches Zeug gibt er ganz sicher kein Geld aus, hat er mir klargemacht. Das wäre ja noch schöner, wenn ausgerechnet er als Wehrdienstverweigerer seinen Sohn für militärische Spielchen ausstatten würde!

Meine Mutter hat mich auch sofort abblitzen lassen.

Sie findet die Klamotten schrecklich, weil sie dabei an Krieg denken muss. »Dass die Jungs so rumlaufen wollen!«, sagte sie und schüttelte sich. »Und Mädchen auch!«

Was heißt Mädchen – meine Mutter hat wahrscheinlich Arabella gesehen. Die ist dabei. Sonst keine. Arabella haben sie aufgenommen, weil sie sich die Klamotten angeschafft hat. Mich nehmen sie nicht auf.

Das ist das eine. Die andere nervige Sache ist, dass mein Vater ständig Arbeit für mich hat und dann auch noch so bekloppte. Vorhin ist er zum Beispiel mit zwei Pinseln aus dem Keller in den Garten gekommen, woraufhin ich mich vorsichtshalber hinter einen Busch geworfen hab. Von dort konnte ich beobachten, wie mein Vater sich suchend umschaute – garantiert nach mir – und wie er einen von den beiden Pinseln enttäuscht irgendwo ablegte.

Dann interessierte es mich doch, was er eigentlich vorhatte. Ich sah ihn von Baum zu Baum gehen und mit dem Pinsel in den Blüten rumfummeln. Das sollte einer verstehen!

»Was macht er da?«, fragte ich flüsternd meine Mutter, die mit einem Eimer voll ausgerupftem Unkraut an mir vorbei zum Komposthaufen ging.

Sie sagte: »Die Blüten bestäuben. Sonst kriegen wir kein Obst. Du könntest ihm eigentlich helfen.«

»Ich … ich muss …«, stotterte ich. Mir fiel nichts ein.

»Die anderen Jungs warten auf mich«, log ich und haute einfach ab.

Ich bin ein Stück die Siedlungsstraße entlanggerannt, bevor ich den Fußweg zum Wald nahm und mich in einem Bogen von hinten an die Baumfestung heranpirschte. Wäre ich von uns aus geradewegs hingelaufen, hätte mein Vater mich sehen und zurückpfeifen können. Denn zwischen dem Waldrand und unserem Grundstück liegt nur eine große Wiese. Die Sailer-Truppe hängt irgendwo im Wald rum, ich hab sie vorhin hineinlaufen sehen. So kann ich es mir hier jetzt ungestört bequem machen.

Die Baumfestung könnte von mir sein, ehrlich. Auch ich hätte diesen dichten Baum ausgewählt. Schon deswegen, weil er der einzige im weiten Umkreis ist, in dem man Bretter befestigen kann. Und dann hätte ich die Bretter genauso mit Tannenwedeln getarnt und als Aufstieg drei Sprossen auf den Baumstamm genagelt. Und die umgedrehte Obstkiste als Sitz wäre mir bestimmt auch eingefallen. Deshalb sehe ich nicht ein, warum ich nicht hier hocken soll, wenn die Festung gerade sowieso nicht bewohnt ist.

Mein armer, geistesgestörter Vater tupft noch immer mit seinem Pinsel in den Blüten rum. Jetzt steht er dazu auf einem Stuhl. Also, wir haben in der Schule gelernt, dass die Blüten von Insekten bestäubt werden, von Bienen und so. Wenn mein sonst so kluger Vater das nicht weiß, sollte er lieber wieder in die Schule gehen.

2

In der Stadt merkt man auch, wenn es Frühling wird. Aber hier draußen ist es die reinste Explosion von Grün und Gelb und Weiß unter einem blitzblauen Himmel. Als wir vor drei Monaten – im Februar – in das Haus eingezogen sind, sah die Gegend grau und trostlos aus und ich konnte mir schwer vorstellen, dass sich daran etwas ändern würde. Es gab keinen Grund, warum es mir in Lützelheim gefallen sollte. Alle meine Kumpels sind in Augsburg geblieben und mit der Sailer-Truppe lief ja auch nichts. Von Anfang an konnte ich sie jeden Nachmittag von meinem Fenster aus beobachten, wie sie sich an der Baumfestung versammelte und danach im Wald verschwand. Jochen Sailer, der Anführer, geht sogar in meine Klasse und ich hab ihn ein paar Mal gefragt, ob ich mitkommen kann. Aber er hat abgelehnt. Erst wenn ich mir die Ausrüstung zugelegt hätte, könnten wir über meine Aufnahme in die Truppe reden.

Bei der Baumfestung spielen sie selten, seit sie irgendwo im Wald einen Bunker bauen. Das mit dem Bunker ist bestimmt eine tolle Sache. Jochen tuschelt jeden Morgen an der Bushaltestelle mit den fünf Jungen und mit Arabella darüber. Mit Arabella kann er auch am Vormittag Botschaften austauschen, weil sie in unserer Klasse am Gymnasium ist. Die Jungen gehen in andere Schulen. Wir alle müssen mit dem Bus in die Kreisstadt fahren, die Großwallhausen heißt, wo die Realschule ist und die Hauptschule und das Gymnasium. Die Fahrt dauert etwa zwanzig Minuten. Und im Bus schmieden sie weiter ihre Pläne für den Nachmittag. Wenn ich zuhöre, macht Jochen jede Menge geheimnisvoller Andeutungen, um mich zu ärgern.

Der Bunkerbau scheint seine Zeit zu brauchen. Jedenfalls gehört die Baumfestung so lange mir. Von hier oben hab ich in den letzten Wochen gesehen, wie die Wiese immer grüner und der Himmel immer blauer wurde. Wie auf einmal gelbe Kleckse im Grün auftauchten und die Obstbäumchen meines Vaters weiß aufblühten. Und vor allem, wie mein Vater in einem Anfall von geistiger Umnachtung die Blüten auspinselte!

Diese peinliche Beobachtung liegt jetzt genau zwei Wochen zurück und es ist wieder Samstag. Inzwischen sind die Blüten verschwunden. An ihrer Stelle gibt es zartgrüne Blätter.

Heute gräbt mein Vater neben der Terrasse ein Loch in den Boden. Das soll ein Teich werden, hat er beim Mittagessen gesagt. Doch bevor er mich fragen konnte, ob ich vielleicht Lust zum Helfen hätte, hab ich mich verdrückt.

Es ist heute nämlich grausam heiß im Garten. Nur in

der Baumfestung lässt es sich aushalten, dort ist es schön kühl. Ich muss nachdenken. Darüber, wie ich Geld beschaffen könnte. Arabella hat gesagt, für gut zweihundert Mark dürfte ich alles kriegen, die Hose, das Hemd, die Stiefel und die Kappe. Ein Parka muss nicht sein, den braucht man nur im Winter. Und einen Stahlhelm trägt sowieso nur Jochen Sailer, hat sie gemeint.

Also, Arabella hat bestimmt nichts gegen meine Aufnahme in die Truppe.

Wenn ich die Klamotten mal angeschafft habe, muss ich sie gut vor meinen Eltern verstecken. Vielleicht kann ich mich bei einem von der Truppe umziehen. Aber vorerst scheitert es eben am Geld.

In der Familienkasse, behaupten meine Eltern, herrscht totale Ebbe. Deshalb hab ich im Januar zu meinem zwölften Geburtstag auch nur das Nötigste gekriegt, nämlich Kleidung. Und die hat mehr oder weniger meine Mutter ausgesucht. Nichts davon ist olivgrün. Für das Geld von Opa und Oma musste ich mir Schuhe kaufen.

Immerhin haben mir Opa und Oma noch ein paar Bücher geschenkt! Mit einem davon sitze ich in der Baumfestung. Aber das Grübeln über mögliche Jobs hält mich vom Lesen ab. Arabella hat's gut, die trägt Reklameblätter aus. Sie würde den Job gern mit mir teilen, wenn er für zwei genug abwerfen würde, hat sie gesagt. Jochen Sailer kriegt von seinem Vater jedes Mal was, wenn er den Wagen wäscht, die Straße kehrt und so weiter. Mein Vater dagegen ist leider der Ansicht, dass man zu Hause umsonst mithelfen soll. In Augsburg hab ich immer den Hund von einer Nachbarin spazieren geführt. Aber in Lützelheim gibt es solche Jobs nicht, denn jedes Haus hat einen Garten, wo die Hunde allein laufen können.

Ich strecke mich auf dem Boden der Baumfestung aus und mache die Augen zu. Vielleicht fällt mir dann eher was ein. Rings um mich veranstalten die Vögel ein irres Gezwitscher, das keine Sekunde aufhört. Ich werde ganz dösig davon.

Aber Moment, was war jetzt das? Doch kein Vogel, oder? Es knackt und raschelt leise. Manchmal scharren die Vögel ja auch auf dem Boden herum, aber flüstern tun sie nicht.

Ich sitze mit einem Schlag senkrecht. Ich würde auch aufspringen, wenn ich könnte. Doch meine Füße befinden sich in einer Falle. Nämlich in den Griffeln von Jochen Sailer. Dazu sehe ich sein zufriedenes Gesicht unter dem Stahlhelm. Es ist puterrot und glänzt von Schweiß.

»Ich hab den Spion!«, brüllt er. Dann zieht er mich unerbittlich an den Füßen mit sich nach unten.

Ich trete um mich und strample. Aber es hilft mir nichts, Jochen kriegt Unterstützung von allen Seiten. Wohl zehn Hände greifen nach mir und nageln mich am Abstieg fest. Ich winde mich und stöhne. Ich könnte auch schreien, aber das tu ich nicht, das ist unsportlich.

Unter Gejohle schleppen sie mich von der Baumfestung weg und ewig weit in den Wald hinein. Irgendwo drücken sie mich schließlich gegen einen Stamm und zerren mir die Arme nach hinten.

»Halt still, sonst kriegst du eins über die Rübe, Spion!« Das ist Arabella. Sie schnürt mir die Handgelenke hinter dem Stamm mit einem Strick zusammen.

So hab ich mir das Mitspielen allerdings nicht vorgestellt! Ich reiße an der Fessel – ohne Erfolg.

Die Truppe baut sich im Halbkreis vor mir auf. Jochen, der in der Schule zwei Tische hinter mir sitzt, tut so, als würde er mich nicht kennen.

»Woher kommst du, Spion?«, knurrt er.

Ich schweige am besten erst mal.

Aber da rücken sie alle auf Jochens Wink hin einen Schritt näher an mich heran und das ist mir unangenehm.

»Aus Lützelheim«, sage ich schnell.

Jochen schaut die anderen kurz an. »Dass ich nicht lache!«, kreischt er dann los. »Aus Lützelheim, ha! Von wegen! Du bist ein Ausländer, dein Akzent verrät dich!«

Ich soll einen Akzent haben? Das wäre mir neu. Außerdem schneidet der Strick in meine Handgelenke ein und meine Arme schmerzen.

»Scheiße«, knirsche ich.

»Wirst du frech?«, sagt Jochen drohend.

Einer aus dem Halbkreis mischt sich ein. »Der Spion muckt auf«, behauptet er.

»Das treiben wir ihm aus«, verkündet Jochen.

»Was haltet ihr von Folter?«, schlägt ein dünner Junge mit Sommersprossen vor.

Ich schaue in ihre Gesichter und da wird mir mulmig. Nicht einmal Arabella grinst.

»He, ihr könnt doch nicht ...«, sage ich.

So, wie sie in ihren Kampfanzügen dastehen, erinnert mich das plötzlich an einen Kriegsfilm im Fernsehen, vor dem meine Mutter ins Bett geflüchtet ist. Ich sehe an ihren Gürteln Messer und Pistolen, und zumindest die Messer sind keine Attrappen.

»Und ob wir können«, geifert der Dünne. Er sieht Jochen an und wartet auf sein Kommando.

Da macht Arabella einen Schritt aus der Reihe nach vorn. »Aber nicht hier«, sagt sie und schüttelt den Kopf. Von ihren langen, braunen Haaren gucken nur ein paar verrutschte Strähnen unter der Kappe hervor.

Jochen gibt sich einen Ruck. »Beim Bunker«, bestimmt er. »Bindet ihn los!«

Schon ist Arabella hinter mir und fingert an meinen Handgelenken herum. Auch die anderen treten nun heran, packen mich an den Armen und wollen mich fortführen. Sie stoßen sich gegenseitig weg, denn jeder will diese Aufgabe übernehmen.

»So«, sagt Arabella leise und klatscht mir auf die Hand.

Blitzschnell reiße ich die Arme nach vorn und spurte los. Der Dünne neben mir stolpert und schreit auf. Die anderen brüllen und rennen hinter mir her.

Aber ich bin schneller. Ich schlage einen Haken um Jochen Sailer, der gerade seinen Helm abgenommen hat und sich mit dem Ärmel über das verschwitzte Gesicht wischt. Vor Schreck lässt er den Helm fallen.

»Ausscheren!«, brüllt er. »Rückweg abschneiden!«

Okay, denke ich gehetzt, zurück kannst du nicht. Gib also Gas und vorwärts!

Ich setze über Knüppel, Wurzeln und Baumstümpfe hinweg. Stürzen darf ich nicht, sonst hat mich die Meute. Wenn ich auf den Füßen bleibe, kann ich ihnen entkommen – gegen meine Turnschuhe haben sie mit ihren Schnürstiefeln fast keine Chance. Die Jagd könnte Spaß machen. Aber ich weiß nicht, ob es ein Spiel ist und wie sie das mit der Folter gemeint haben. Zweige schlagen mir ins Gesicht, Nadeln zerkratzen mir die Arme. Dann springe ich über einen Graben und bin auf einem Weg.

Jemand muss ziemlich dicht hinter mir sein, mindestens einer von der Truppe. Ich schau mich nicht um, kann ich mir nicht leisten. Der Weg führt durch Hochwald und ich fliege nur so dahin. Das Stiefelgepolter fällt etwas zurück und das Geschrei auch.

Nach einer Biegung gabelt sich der Weg. Links eine

Tannenschonung ohne Zaun! Ich riskiere einen sekundenkurzen Blick nach hinten. Noch niemand da. Ohne zu überlegen springe ich zwischen die Bäumchen – und knalle brutal auf die Nase. Benommen hebe ich den Kopf und befreie hektisch meine Füße aus dem Drahtgewirr am Boden, in dem ich hängen geblieben bin. Mir tut alles weh. Ich beiße die Zähne zusammen und krieche vorwärts, denn jetzt ist die Meute schon fast auf meiner Höhe. Ich ducke mich in eine Bodenkuhle und bleibe reglos liegen, bis alle vorbeigerannt sind. Hoffentlich kommen sie nicht zurück, wenn sie keine Spur mehr von mir entdecken!

Unter mir fühlt es sich seltsam weich an. Hasenkot! Sogar ich als Stadtmensch kenne diese Sorte Kaffeebohnen und ich hatte eigentlich nicht geplant, eine ganze Ladung davon platt zu walzen. Außerdem sehe ich erst jetzt, dass die pieksenden Tannen dieser Schonung grausam eng gepflanzt sind – ich müsste ein Kaninchen sein, um durchzukommen.

Aber lieber ein Kaninchen als ein gefolterter Spion!

So arbeite ich mich immer tiefer in die Anpflanzung hinein, lasse mich stechen und kratzen und höre die ganze Zeit über das Geschrei der Sailer-Truppe, die anscheinend ausgeschwärmt ist. Ich bleibe dicht am Boden, robbe vorwärts und hoffe, dass kein Bäumchen mich durch eine Bewegung verrät.

Und dann hab ich's geschafft, hab die verflixte Schonung hinter mir. Ich richte mich vorsichtig auf.

Bin wieder im Hochwald. Von Baum zu Baum pirsche ich mich weiter und schaue mich ständig um.

Erst als ich sicher bin, dass ich der Truppe entkommen bin, fällt mir was anderes auf: Ich habe keine Ahnung, wie ich aus diesem Wald jemals wieder herausfinden soll.

Da fange ich zu rennen an. Wo Wege sind, denke ich, führen sie auch irgendwann aus so einem Hexenwald heraus. Aber das stimmt nicht unbedingt, wie ich feststellen muss: Manche Wege hören einfach vor einer Schonung oder einem Graben oder an einer Lichtung auf. Dann steh ich da und gucke blöd. Das darf doch nicht wahr sein, oder?

Ich irre kreuz und quer durch den Wald. Nichts kommt mir bekannt vor. Ich hab nicht mal den blassesten Schimmer, in welcher Richtung Lützelheim liegen könnte. Die Sonne hilft mir auch nicht, denn der Himmel hat sich mittlerweile mit grauem Dunst überzogen, die Luft steht völlig still. Ich schwitze entsetzlich, obwohl ich doch im Wald bin, wo es kühl sein sollte. Von den Schläfen läuft mir der Schweiß herunter.

Ich ertappe mich bei dem Wunsch, auf die Sailer-Truppe zu stoßen. Hat Arabella nicht vielleicht doch gegrinst, als sie im Halbkreis mit den anderen zusammen vor mir stand? Wahrscheinlich hat sie sogar gezwinkert und es ist mir nur entgangen. War ich blöd! Da haben die mich endlich mal mitspielen lassen …

Aber nun fallen mir auch die Messer wieder ein. Und der geheime Bunker. Und das Wort Folter. Ich kriege bei aller Hitze eine Gänsehaut.

Ich gucke mich schnell um und gehe vorsichtig weiter. Ehe es dunkel wird, muss ich aus diesem Mistwald herausfinden!

3

Das Helle da vorn, ist das wieder nur eine Lichtung oder hört der Wald vielleicht doch endlich auf? Ich gebe noch einmal Gas und renne darauf zu. Mit jedem Meter wächst meine Hoffnung.

Dann stehe ich keuchend am Waldrand, wo sich ein Weg entlangzieht. Ich blicke über Felder und Wiesen in ein Tal hinab. Weit unten sehe ich einen Bach, an dem Weidenruten wachsen. Dahinter steigt das Gelände wieder an und oben beginnt ein neuer Wald.

Kein Mensch, kein Fahrzeug, kein Garnichts. Ich kann es nicht glauben: Da hab ich endlich den Wald hinter mir und bin kein bisschen besser dran. Es dürfte demnächst dunkel werden und ich weiß nicht einmal, in welche Himmelsrichtung ich gehen soll!

Ob ich durch den Wald zurücklaufe? Nein, da hinein kriegt mich heute nichts und niemand mehr. Also bleibt mir nur der Weg. Nach rechts oder nach links? Ich wähle rechts und setze mich in Marsch.

Schon zwei oder drei Minuten später kann ich mich zu meiner Entscheidung beglückwünschen. Denn ich höre ganz plötzlich eine Frau rufen und einen Mann ächzen. Menschen, hurra! Ich bin nicht mehr allein auf der Welt!

Aber wo sind die Leute? Ich suche den Waldrand ab.

In der zweiten Baumreihe entdecke ich eine angelegte Leiter und darauf einen Mann, der eine Art Korb durch die Luft schwingt. Eine Frau steht unter dem Baum und zeigt nach oben.

Mit wenigen Sprüngen bin ich bei ihnen. »Hallo«, sage ich atemlos.

Die Frau fährt herum und lässt den Arm sinken. Der Mann guckt von der Leiter zu mir runter. Beide sind ziemlich alt und trotz der Hitze auffallend dick angezogen. Der Mann trägt außerdem einen Filzhut und die Frau ein Kopftuch. Wie eben zwei nette, alte Leute vom Land.

Ich grinse vor Erleichterung.

»Wer bist du denn und wo kommst du her?«, fragt mich die Frau freundlich, als sie sich von ihrer Überraschung erholt hat. Sie gebraucht fast Jochens Worte, doch sie nennt mich nicht Spion und droht mir auch mit keiner Folter.

»Benjamin Wolf. Ich wohne in Lützelheim«, sage ich.

»Benjamin! Was für ein schöner Name. Aber du bist ja völlig erhitzt und zerkratzt. Bist du durch den ganzen Forst gelaufen?«

Ich nicke, als würde ich das jeden Tag zweimal tun.

»Junge, dich schickt der Himmel«, sagt der Mann auf der Leiter.

Ich schaue erstaunt zu ihm hinauf. Mich schickt der Himmel? *Ihn* schickt der Himmel!

»Meine Frau traut sich nämlich nicht auf die Leiter«, fährt er fort.

Was macht er eigentlich da oben? Jetzt erst gucke ich genauer hin. Mit einer Hand hält er sich fest, in der anderen schwingt er einen Strohkorb. Das Ding sieht aus wie eine Glocke mit der Öffnung nach oben. Und da hinein soll anscheinend was. Etwas, das ein Stück weg von dem Mann, der Leiter und dem Stamm an einem Ast hängt und sich bewegt.

Teufel noch mal, wie das schwirrt und wimmelt und summt – das sind ja Tausende von Bienen, oder? Eine riesige, schwarze Traube!

Ich zucke zurück.

»Uns ist ein Bienenschwarm davongeflogen, Benjamin«, sagt die Frau. »Aber wir haben ihn gefunden. Und jetzt müssen wir ihn zurückbringen.«

Ach?, denke ich und verstehe überhaupt nichts mehr. Kann ein Mensch so irre sein, da hinzufassen oder sich auch nur in die Nähe dieser Stechbiester zu wagen?

Der Mann gibt den Versuch endlich auf. Sein Arm ist einfach zu kurz. Bedächtig steigt er von der Leiter herunter. Dann steht er vor mir und mustert mich, als hätte er sich mich größer vorgestellt.

»Benjamin heißt du, so, so.«

Ich winde mich ein bisschen. »Benni reicht auch.«

»Benni, hm, hm. Sag, traust du dich da hinauf?«, fragt er und schaut mir dabei eindringlich in die Augen.

Was? Ich?

Die Frau ruft: »Nein, Gregor, nicht. Das ist gefähr…«

»Friedl, sei still«, sagt der Mann. Er nimmt meinen Arm. »Komm, Benni. Du bist doch ein richtiger Junge, oder?«

Daran habe ich bisher eigentlich nicht gezweifelt. Und eine Leiter ist wirklich kein Problem für mich. Aber zu den Viechern hinauf will ich nicht!

Deshalb finde ich es gut, dass der Mann namens Gregor mich aus der Gefahrenzone zieht. Den Strohkorb hat er liegen gelassen. Er geht mit mir irgendwohin. Seine Frau bleibt und passt anscheinend auf den Bienenschwarm auf.

Unterwegs fragt mich der Mann: »Junge, weißt du, warum die Bienen schwärmen?«

»Nein«, sage ich.

»Um sich zu vermehren. Eine neue Königin schlüpft – die alte muss weg. Die fliegt also fort und nimmt einen großen Teil der Bienen mit. Mit ihnen gründet sie ein neues Volk.«

»Da oben?«, frage ich und zeige auf die Bienentraube.

Der Mann schüttelt den Kopf. »Sie müssen sich erst einen geeigneten Ort suchen. Einen hohlen Baum zum Beispiel. Aber vorher kriegen wir sie hoffentlich. Wir geben ihnen einen Kasten.«

»Ach so, Sie sind ein … Wie heißt das?«

»Ein Imker, Benni. Und jetzt sind wir da.«

In einer Lichtung am Waldrand steht hinter halbhohen Büschen ein Holzhaus. Daneben parkt ein Auto. Vor dem Haus schwirrt es gefährlich.

»Bleib von den Fluglöchern weg«, warnt mich der Imker und verschwindet um die Ecke.

Na, das mach ich doch gern. Aus sicherer Entfernung betrachte ich das Bienenhaus. Die ganze Front entlang zieht sich so was wie ein Schlitz, aus dem Bienen quellen. Einen guten halben Meter höher liegt eine Fensterreihe. Ein Schatten taucht für einen Moment hinter einer der Glasscheiben auf – der Imker. Als er wieder herauskommt, hat er etwas für mich dabei.

Es ist ein weißer Overall und dazu ein Hut mit breiter Krempe und einem Schleier dran. Der Imker will, dass ich mich da hineinpacke.

Mir wird plötzlich klar, warum. Zum Neinsagen ist es aber irgendwie zu spät. So grinse ich nur heldenhaft und ziehe das Zeug über meine Klamotten.

Der Imker gibt mir auch noch ein Paar Arbeitshandschuhe. Wenn ich solche bei meinem Vater erspähe, lege ich den Rückwärtsgang ein. Aber jetzt lasse ich sie mir komischerweise gefallen, wie den Anzug und den Hut.

Ich sehe vermutlich aus wie der letzte Überlebende einer Endzeit-Katastrophe. Unnötig zu sagen, dass mindestens zwei von meiner Sorte in den Anzug passen würden.

»Kannst du mit einer Handsäge umgehen?«, fragt

mich der Imker und holt ein solches Ding aus dem Auto.

Eher nicht, denke ich. Aber wenn er's mir zutraut, wird's schon nicht so schwierig sein. Ich nicke lässig und mein Schleier schlägt dabei Wellen.

Zufrieden klopft der Mann mir auf die Schulter und erklärt kurz, was ich machen soll. Danach marschieren wir los.

Die Frau hat auf uns gewartet und der Schwarm ist auch nicht weitergeflogen. Als Erster muss ich mit der Handsäge auf die Leiter. Und zwar ganz hinauf, bis dorthin, wo der Ast angewachsen ist, an dem der Bienenschwarm hängt. Ich soll ihn schön von oben ansägen, sodass er nach unten kippt. Nur ansägen, nicht durchsägen, hat der Mann gesagt.

»Halt dich bloß gut fest!«, ruft die Frau mir von unten zu.

»Sei still, Friedl, und geh ein Stück weg«, sagt der Imker.

Er steht mit dem Strohkorb ein paar Sprossen unter mir und will den Schwarm einfangen, sobald sich der Ast ihm zuneigt. Mit dem Knie klemmt er sich irgendwie an der Leiter fest.

Seine Frau ist ein paar Schritte zur Seite gegangen und stößt dauernd kleine Schreckensrufe aus. Wenn die Stechviecher nicht schon verrückt wären, müssten sie's davon werden. Bin ich froh, dass der Anzug mich schützt!

Die Säge rutscht zuerst ab. Beim zweiten Versuch greift sie. Ihre Zähne fressen sich ins Holz.

Als der Ast kracht und sich neigt, packt der Imker zu. Er klopft den Schwarm in den Korb, schneller, als ich hinter dem Schleier gucken kann. Vorsichtig steigt er mit seiner Beute hinunter und die Frau legt sofort einen Deckel über die Öffnung.

Dann wartet sie auf mich und drückt mich samt Säge, Anzug und Schleier an ihren Busen.

»Benni«, sagt sie, »du bist wirklich ein Geschenk des Himmels!«

Ich halte schön still. Wegen der Säge an meinem Bauch. Außerdem wird mir so was Nettes nicht jeden Tag gesagt!

Als ich wieder frei bin, sehe ich, dass der Imker die Strohglocke samt Deckel auf den Boden kippt, wie meine Mutter einen Kuchen stürzen würde. Er schiebt einen Stock zwischen Korb und Deckel.

Das wundert mich. »Jetzt können sie ja wieder raus!«

Der Imker lacht mich an. »Das tun sie aber am Abend nicht. Dafür krabbeln die anderen rein, die hier noch rumschwirren. Und Luft brauchen sie auch. Bis morgen früh bleibt der Korb hier stehen.«

Es summt und brummt um uns herum und ich habe wahrscheinlich echtes Glück, dass ich in einem Endzeit-Katastrophen-Anzug stecke.

»Au«, sagt die Frau und wischt eine Biene von ihrem

Handrücken. »Nummer vier.« Sie zeigt mir den Einstich und außerdem drei rote Schwellungen. Zwei davon hat sie im Gesicht und eine am Finger.

Ich betrachte sie entsetzt. »Aber das tut doch weh!«

»Ein bisschen«, lacht die Frau. »Eine Imkerin ist nicht empfindlich. Wenn sonst nichts passiert, wenn keiner von der Leiter fällt …«

»Empfindlich ist sie nicht«, raunt mir der Mann zu. »Aber sie steigt auf keine Leiter. Und das ist natürlich schlecht für eine Imkerin, ganz schlecht.« Er kichert und fängt sich einen Boxhieb von seiner Frau ein. »Benni«, sagt er, »willst du morgen die Bienenkönigin sehen?«

Das ist ein Angebot. »Ja, sehr gern!«

»Und wenn du hundert wirst, Junge – eine Bienenkönigin kriegst du nie zu Gesicht. Nur, wenn du mit einem Imker befreundet bist.«

Ich nicke. Bin ich jetzt etwa mit einem Imker befreundet? Hört sich komisch an.

Die beiden nehmen mich mit zum Bienenhaus, sie tragen zwischen sich die Leiter. An den Fluglöchern ist jetzt weniger Flugbetrieb als vorher. Die ersten Biesterchen sind wohl schön brav ins Bett gegangen.

Ich lege meine Verkleidung ab und gebe sie zurück. Die Frau sperrt mit einem altertümlichen Schlüssel das Bienenhaus zu und hängt den Schlüssel in einen Baum. Dann fahren mich die beiden nach Hause. Sie selbst müssen einen Ort weiter, nach Ruppertstal. Wir unterhalten uns während der Fahrt.

Kamp heißen sie, Gregor und Friederike Kamp. Sie wollen morgen früh um halb acht schon vor unserem Haus hupen. Wenn ich dann mitmöchte, soll ich rauskommen.

Früh aufstehen macht mir nichts aus – wenn was Interessantes auf mich wartet. Ich sage also, dass ich auf jeden Fall Lust dazu habe. Als ich den beiden beschreibe, wo ich wohne, und sie mich gleich darauf dort absetzen, gucken sie mich komisch an.

»Hier wohnst du? Wirklich?«, fragt der Mann.

»Ja, warum nicht?«, frage ich erstaunt zurück.

»Wie heißt du mit Nachnamen?«, will die Frau wissen.

Ich habe mich ihr doch schon komplett vorgestellt, da bin ich mir sicher. »Wolf«, wiederhole ich.

»Wolf, tatsächlich«, murmelt der Mann.

Ich wüsste gerne, was so Besonderes an meinem Namen und an unserem neu erbauten Haus sein soll. Aber sie verraten es mir nicht. Sie schütteln nur irgendwie überrascht den Kopf und wünschen mir eine gute Nacht. Wenigstens lächeln sie und winken beim Weiterfahren. Sonst müsste ich denken, ich hab sie mit etwas vergrault und ich seh sie nie wieder. Wär eigentlich schade.

4

Meine Eltern sitzen im Dämmerlicht auf der Terrasse. Sie springen auf – mein Vater, um zu schimpfen, meine Mutter, um die nackte Glühbirne an der Wand einzuschalten und meine Schrammen zu begutachten.

Sie haben im Prinzip nichts dagegen, wenn ich mich bis zum Abend herumtreibe, sagen sie, aber Bescheid geben sollte ich wenigstens. Und sagen, wohin ich gehe. Und mit wem. Wenn ich schon daheim nicht mithelfen mag …

Endlich lassen sie mich auch zu Wort kommen.

»Ich hab einen Bienenschwarm gefangen«, werfe ich locker hin.

Sie gucken ziemlich verdutzt drein. Dann meint mein Vater: »Einen Bienenschwarm? Hier gibt's überhaupt keine Bienen! Früher war das anders, aber jetzt … Moment mal, du bindest uns doch einen Bären auf, Benni?«

Na, dann muss ich eben ausführlicher werden. Ich seufze und will anfangen. Aber meine Mutter schüttelt den Kopf. »Ich bin dafür, dass du erst mal ins Bad gehst. Du bist verdreckt, verschwitzt und total zerkratzt!«

»Wenn mich erst die Bienen erwischt hätten …« Ich grinse. »Zum Glück haben mich die Leute in einen Schutzanzug gesteckt – in ein gigantisches Teil!«

»Welche Leute?«, fragt meine Mutter verblüfft. Sie besteht auf einmal nicht mehr auf einer sofortigen Dusche.

»Gregor Kamp und Friederike – genannt Friedl – Kamp aus Ruppertstal.«

Danach setze ich mich und erzähle. Dass ich der Sailer-Truppe entkommen bin und im Wald einen Imker und seine Frau getroffen hab. Wie ich den Ast ansägte. Wie der Imker mit einem einzigen Hieb auf den Ast die wimmelnde Bienentraube in den Korb gestoßen hat. Ohne Schleier, nur mit Handschuhen.

»Hast du gewusst«, wende ich mich an meinen Vater, »dass du nie im Leben eine Bienenkönigin zu sehen kriegst? Nicht mal, wenn du hundert wirst?«

»Ich wär schon über ein paar normale Bienen froh«, knurrt mein Vater. »Da hat man Obstbäume gepflanzt und dann gibt es keine Bienen mehr, die sie bestäuben, im ganzen Dorf kein einziges Volk!«

Ich nicke. »Das hat mir der Imker auf der Heimfahrt auch erzählt. Seine Bienen fliegen übrigens nicht bis Lützelheim. Daraufhin hab ich ihm gesagt, was du mit dem Pinsel gemacht hast.«

Mein Vater windet sich. »War das nötig?«

»Sicher«, sage ich. »Wenn ich schon mal einen Imker treffe. Wen hätte ich denn sonst fragen können, ob mein Vater einen Dachschaden hat?«

»Benni!«, ruft meine Mutter empört.

Das Gute ist, dass ich eigentlich immer weiß, wie

weit ich gehen darf. Bei meinem Vater wie auch bei meiner Mutter. Jetzt lege ich den Kopf schief und grinse sie beide an.

Und richtig, mein Vater steckt es locker weg. »Wie war die Auskunft?«, will er einfach wissen.

Ich sage es ihm. »Vernichtend, leider. Aber nicht wegen deinem Geisteszustand, über die Bestäubung mit dem Pinsel haben die zwei nur gelacht. Nein, es ging um die Pflanzen in unserem Land. Vielleicht enden wir hier mal als Grassteppe. Wenn niemand mehr Bienen züchten will, sterben die Bienen aus und die Wildblumen auch oder so. Ich hab's nicht ganz verstanden.«

»Oh?«, macht meine Mutter und schaut meinen Vater an.

Mein Vater nickt düster. »Genau meine Rede. Früher konntest du hier nicht barfuß laufen, du wärst jeden Augenblick in eine Biene getreten. Mein Großvater hatte ja selber einen Bienenstand. Da, wo jetzt unser Haus steht.«

»Ehrlich?«, sage ich überrascht. Noch heute Mittag hätte ich keine müde Augenbraue gehoben. »Hat der beim Hausbauen dran glauben müssen?«

Mein Vater schüttelt den Kopf. »Nein, der Bienenstand war gar nicht mehr da. Mein Großvater hat schon vor dreißig Jahren die Bienen aufgegeben, weil er ein Hüftleiden kriegte und nicht mehr gehen konnte. Der Garten lag doch ziemlich weit außerhalb von Lützelheim. Ihr könnt euch das nicht vorstellen, weil inzwischen die Siedlung bis hierher gewachsen ist. Es war so ein schöner Garten! Als Kind war ich unheimlich gerne hier. Bin rumgesprungen und auf die Bäume geklettert. Daran hat sich mein Großvater wahrscheinlich vor seinem Tod erinnert und deshalb haben wir den Garten geerbt.«

Mittlerweile ist es ganz dunkel geworden. Die Glühbirne an der Hauswand zieht sämtliche Insekten der Umgebung an. Die rennen sich an ihr die Köpfe ein oder verbrennen sich die Flügel. Das muss ja nicht gerade sein – die armen Viecher! Sie tun mir Leid.

»Ich mach mal die Lampe aus, ja?«, sage ich leise.

Danach hört das Summen und Brummen auf und es ist ganz still. Wir schauen in den dunklen Garten hinaus. Der ist übrigens zweimal so groß wie die anderen Grundstücke in der Siedlung. Deshalb konnte ihn mein Vater gleich zur Hälfte mit Bäumen bepflanzen, noch ehe er mit dem Haus anfing. Die Bäume müssen ihm wichtiger gewesen sein als das Haus. Ob das mit seiner Kindheit zusammenhängt? Ich versuche mir vorzustellen, wie mein Vater hier als kleiner Junge rumgerannt ist, rüber zu seinem Großvater am Bienenstand …

»Hast du auch mal einen Schwarm gefangen?«, frage ich.

»Was? – Nein, von den Bienen bin ich weggeblieben, die hab ich gefürchtet.« Mein Vater lacht leise. »Damals wusste ich natürlich noch nicht, dass sie wahnsinnig wichtig sind, weil sie achtzig Prozent der Bestäubung leisten. Und wenn ich es gewusst hätte, dann hätte es mich nicht interessiert. Interessiert es dich vielleicht?«

»Nicht besonders«, gebe ich zu. »Das mit dem Aussterben allerdings … öhh …«

Meine Mutter wirft ein: »Ja und? Die Äpfel aus Neuseeland schmecken auch.«

»Ich weiß. Und die Kirschen aus Italien«, sagt mein Vater bitter. »Aber ich hätte den Garten gerne wieder so fruchtbar wie früher. Mit Beeren und Obst. Ihr könnt mich auslachen, aber manchmal seh ich meinen Großvater da hinten sitzen. Ja, lacht nur! Er schaut her und nickt mir zu. Gut machst du das, Martin, scheint er zu sagen. Immer wenn ich im Garten arbeite, hab ich das angenehme Gefühl, er ist da. Ich war eben zu gern in den Ferien bei ihm.« Die Stimme meines Vaters verliert sich in einem kaum hörbaren Flüstern.

Meine Mutter und ich lachen ihn natürlich nicht aus. Wir sitzen in der Dunkelheit da und ich kapiere zum ersten Mal, warum mein Vater hierher gezogen ist und es auf sich nimmt, zusammen mit meiner Mutter jeden Tag nach Augsburg zur Arbeit zu fahren. Vorher hatten sie es beide viel näher und bequemer.

Was meine Mutter betrifft, die sagt, dass es ihr beinahe egal ist, wo sie wohnt. Sie lebt überall gern, wenn nur wir da sind, mein Vater und ich. Alle anderen Leute – eine Freundin von ihr zum Beispiel – kann sie mit dem Auto oder mit dem Zug erreichen, wenn sie will.

Na ja. Das mit der Freundin wird sie schon noch merken. Ich hab mich beim Umzug auch ein wenig damit getröstet, dass ich meine Leute ja jederzeit in Augsburg besuchen oder sie hierher nach Lützelheim einladen kann. Denkste! In den Osterferien hab ich mal den Anfang gemacht und war einen Tag in der Stadt, aber es war ein Reinfall. Wir hingen öde rum und ich wurde das Gefühl nicht los, dass ich in Wirklichkeit irgendwie störte. Ich gehörte einfach nicht mehr dazu. Schon klar, meine ehemaligen Kumpel brauchen mich nicht, ich könnte genauso gut gestorben sein.

Und die Sailer-Truppe will mich auch nicht haben. Aber immerhin bin ich schon mal mit einem Imker und einer Imkerin befreundet.

5

Sonntag, kurz vor halb acht. Gregor und Friedl Kamp haben mich hoffentlich nicht vergessen! Sie könnten es sich ja auch anders überlegt haben.

Ich esse im Stehen ein Marmeladenbrot und gucke dauernd auf die Uhr. Meine Mutter tapst im Nachthemd in die Küche und kriegt noch kein Auge auf.

Eine Hupe! Schnell stopfe ich den Rest von meinem Brot in den Mund und laufe hinaus. Sie sind es. Friedl Kamp kurbelt ihr Fenster herunter und streckt mir ein kleines Schraubglas entgegen. Sein Inhalt leuchtet auf und mir ist klar, dass es sich nur um Honig handeln kann.

»Für dich, Benni«, sagt sie mit einem breiten Lächeln. »Fürs Schwarmfangen. Der Honig ist vom letzten Jahr, frischen gibt's noch nicht. – Kommst du nun mit?«

Ich nehme das Glas. »Logo«, sage ich. »Vielen Dank für den Honig. Ich bring ihn ins Haus.« Damit laufe ich noch einmal zurück und drücke meinem Vater, der ins Bad will, das Glas in die Hand. »Lasst mir bloß was übrig!«

Mein Vater beguckt sich das Glas. Er kriegt einen heimtückischen Zug um den Mund. »Mmmm! Kann ich kaum versprechen«, verkündet er, dreht sich um und trägt meinen Honig wie eine Beute in die Küche.

Der soll sich bloß nicht trauen ... Aber ich kenne ja seine Späße. Dann sitze ich hinter Gregor und Friedl Kamp im Auto.

Mein erster Sonntag in Lützelheim, an dem ich mich nicht vor lauter Langeweile in die Stadt zurückwünsche. Natürlich wäre es mir noch lieber, wenn mich die Sailer-Truppe aufnehmen würde. Aber die lässt sich vor dem Nachmittag sowieso nie blicken. Und außerdem wollen die mich im Augenblick höchstens foltern. Nein, danke! Da schau ich mir doch besser eine Bienenkönigin an.

»Deine Eltern haben nichts dagegen, dass du mit uns kommst?«, will Friedl Kamp wissen.

»Ganz und gar nicht«, sage ich.

»Na, dann ist es gut. – Jetzt pass mal auf, Benni. Du heißt also Wolf, hast du gesagt.« Friedl Kamp dreht den Kopf nach hinten, damit sie mich ansehen kann. Sie hat das Tuch heute auf den Schultern liegen und ihre grauen Haare sind frisch gelockt. »Dann stammt dein Vater wohl aus Lützelheim?«

Früher hätte ich dazu eher Nein gesagt. Denn mein Vater ist schließlich in Augsburg geboren und hat immer dort gelebt. Jetzt aber murmle ich verunsichert: »Irgendwie schon, von meinem Urgroßvater her ...«

»Dann ist das vielleicht dein Urgroßvater gewesen, dem euer Garten gehört hat?«

»Ja«, sage ich erleichtert, denn diese Sache steht zweifelsfrei fest.

Die beiden gucken sich viel sagend an.

»Hör mal, Benni«, fährt Friedl Kamp fort, »nicht dass du denkst, wir wollen dich ausfragen – aber es ist eben ein seltsamer Zufall, dass wir vor dreißig Jahren genau in dem Garten, wo du jetzt wohnst, unsere Bienen hatten. Wir haben sie einem gewissen Konrad Wolf abgekauft und das muss dein Urgroßvater gewesen sein. Er ist ja fast neunzig geworden und erst vor wenigen Jahren gestorben.«

»Das stimmt«, sage ich. Erinnern kann ich mich allerdings an meinen Urgroßvater nicht.

Jetzt sucht Gregor Kamp meinen Blick im Innenspiegel. »Ich hätte ihm den Garten liebend gerne abgekauft, Benni, aber er hat ihn einfach nicht hergegeben. Obwohl er doch nur noch selten hinkam. Seine Kinder sind ja alle weggezogen und er hat zuletzt ganz allein gelebt. Sein Haus im Dorf haben die Erben inzwischen abgerissen ... Aber den Garten draußen, den habt ihr gekriegt?«

»Ja, mein Vater.«

»Und die alten Obstbäume, hat er die fällen lassen?«

»Die sind zum Teil von selber auseinander gebrochen«, sage ich.

Gregor Kamp nickt. »Der Bienenstand ist auch zerfallen. Der war damals schon reichlich morsch«, meint er bedauernd. »Und weil wir den Garten sowieso nicht kaufen konnten, haben wir nach einiger Zeit für die Bienen ein neues Haus an den Rand vom Gemeindewald gebaut, unser Bienenhaus. Du hast es ja gesehen.«

»Aber die Bienen selber, die sind von meinem Urgroßvater?«, frage ich. Also, das ist doch wirklich verrückt – erst gestern Abend haben wir darüber gesprochen. Und zwar so, dass ich dachte, über meinem Urgroßvater und seinen Bienen wächst seit hundert Jahren Gras und kein Mensch weiß mehr was davon.

»Die ersten damals, ja«, lacht Friedl Kamp. »Mittlerweile ist das natürlich die x-te Generation von Bienen …«

»Aber sie stammen von meinem Urgroßvater?«

»Ja, das tun sie«, sagt Gregor Kamp.

Obwohl ich meinen Urgroßvater nicht gekannt habe, freut es mich. Wenn er wüsste, dass ausgerechnet ich von den Nachkommen seiner Bienen einen Schwarm gefangen habe! Echt witzig. Mein Vater wird gucken, wenn ich ihm das erzähle! Vielleicht berichtet er's dem Geist von seinem Opa im Garten weiter und der grinst ihn dann noch gespenstischer an.

Wir sind da. Gregor Kamp parkt das Auto neben dem Bienenhaus.

»Gib's ihm jetzt, Friedl«, sagt er zu seiner Frau, als wir ausgestiegen sind.

Daraufhin nimmt die Imkerin einen Karton aus dem Kofferraum und öffnet ihn. Sie zieht einen weißen Overall aus massivem Stoff heraus, in den ungefähr ein

Mensch meiner Größe passen dürfte. Dazu lacht sie mich aufmunternd an.

»Den hab ich für unsere Enkelin genäht«, sagt sie, »als sie vielleicht so alt war wie du. Sie hat sich damals für die Bienen interessiert und wir dachten schon ... Ach, Schwamm drüber. Heute ist sie verheiratet und will höchstens noch was vom Honig wissen. So ist das eben. Zieh ihn schon an! Die Bienen dürften jetzt zwar kaum stechen, aber wir riskieren lieber nichts.« Friedl Kamp bindet sich das Kopftuch um.

»Wir wollen keinen Ärger mit deinen Eltern«, brummt der Imker.

Ich steige in den Anzug. Er passt perfekt. Das Besondere an ihm ist eine Kapuze, die vorn durch ein schwarzes Drahtgitter verschlossen wird. Friedl Kamp schiebt oben ringsrum einen Metallbügel ein – nun ist die Kapuze starr und steht von meinem Kopf ab, wie es höchstens ein Raumhelm tun könnte. Es ist eine Wucht! Ich bedaure, dass es hier keinen Spiegel gibt. Ich würde mich doch zu gern sehen! Was mir jetzt noch fehlt, ist ein Sauerstofftank.

Die Imkerin betrachtet mich wohlgefällig. Sie gibt mir Lederhandschuhe, die extra für Hände meiner Größe angefertigt wurden. Die Riesenteile von gestern hängen an der Wand im Bienenhaus. Friedl Kamp erklärt mir, dass sie und ihr Mann nur dann Schutzkleidung tragen, wenn es gar nicht anders geht, wenn die Bienen eben richtig wild sind.

Ich würde es ja vielleicht genauso machen, aber halbwilde Stechbiester reichen mir auch schon. Und außerdem fühle ich mich in dem Anzug bestens.

»Wir wollen keine Zeit verlieren«, drängt der Imker. »Wir müssen den Morgen nützen! Jetzt sind die Bienen noch ruhig.«

Er und seine Frau schleppen einen Holzkasten herbei. Mir haben sie ein zusammengefaltetes Betttuch in den Arm gedrückt. So marschieren wir zum Platz, wo der Korb mit dem Schwarm steht.

Ich soll das Betttuch auf dem Boden ausbreiten. Wegen des Anzugs bewege ich mich wie ein Raumfahrer, so bedächtig und zeitlupenhaft.

Der Holzkasten kommt aufs Tuch. Am Flugloch unten erkenne ich, dass es ein Bienenkasten ist. Bis auf das Flugloch ist nirgendwo eine Öffnung zu sehen.

»Jetzt pass auf«, sagt der Imker. Er hebt den Strohkorb hoch, dreht ihn um und reicht den Deckel seiner Frau. Dem Summen nach befindet sich der Schwarm noch im Korb. Also, ich würde da mein ungeschütztes Gesicht nicht hinhalten. Doch bevor ich noch Angst um den Imker kriegen kann, stürzt er den Korb mit Schwung neben den Kasten aufs Tuch, haut mit der Handkante drauf und zieht ihn weg. Der ganze Bienenschwarm wimmelt und wuselt auf dem Betttuch herum! Ein sagenhafter Anblick.

Der Korb ist leer, bis auf ein paar vereinzelte Bienen an der Wand, die Gregor Kamp sich flüchtig besieht.

»Na, da ist die Königin nicht«, murmelt er. »Hätte mich auch gewundert. – Ach, guck mal, Benni!«

Ich denke schon, jetzt seh ich sie. Aber der Imker zeigt mir etwas anderes, ganz oben in der Wölbung des Korbes.

»Schau, der Schwarm hat über Nacht angefangen, eine Wabe zu bauen«, sagt er. »Hier, die kleinen Sechsecke aus Wachs, eins so regelmäßig wie das andere. Die Bienen wären gerne im Korb geblieben und hätten den mit ihren Vorratskammern und Brutkammern voll gebaut.«

»Warum dürfen sie nicht?«, frage ich.

»Weil ein Kasten praktischer ist. Da bauen die Bienen ihre Waben in die Holzrahmen, die man rausnehmen kann. – Aber jetzt suchen wir die Königin.«

Wir knien uns zu seiner Frau aufs Tuch. Die sagt: »Ich glaube, sie wollen schon in den Stock!«

»Wohin?«, frage ich.

»Na, in den Stock, so heißt ihre Wohnung. In den Kasten, wo wir Wachsplatten reingehängt haben. Das riechen die Bienen.«

»Wieso Wachsplatten?«, will ich wissen.

Als Antwort hebt der Imker den Kastendeckel an und zieht für mich einen Holzrahmen heraus, in den so eine Wachsplatte eingefügt ist. »Siehst du? Das ist sozusagen der Grundriss für eine Wabe. Darauf können die Bienen nach beiden Seiten Kammer an Kammer bauen.«

Mir fällt auf, dass auf der Platte die kleinen Sechsecke schon angedeutet sind. »Wer hat die Platte gemacht, Herr Kamp?«

»Die haben wir selbst gegossen, das ist Winterarbeit.« Der Imker hängt den Rahmen zurück, schließt den Deckel und beugt sich über den Bienenhaufen. »Junge, Junge, du fragst mir ja noch ein Loch in den Bauch! Du willst doch sicher die Königin sehen, oder?« Er wirft einen Blick in meine Richtung und ich nicke schnell. Da zeigt er aufs Tuch. »Meistens ist sie mittendrin«, informiert er mich.

Ich gucke mir die Augen aus. Aber ich sehe nur ein schwarzgoldenes Gewimmel. Das wogt und wuselt und summt und braust.

»Und wenn die sich alle dünnemachen … Äh, ich meine, einfach in die Luft abzischen?«

Gregor Kamp schüttelt den Kopf. »Sie haben vor dem Schwärmen so viel gefressen, dass es für drei Tage reicht, und sind deshalb ziemlich schwerfällig. Außerdem sind sie von der Nacht her noch etwas klamm. – Jetzt schau!« Er streckt einen Finger aus und zeigt mitten hinein ins Gewimmel.

Ich folge mit den Augen seiner Fingerspitze und sehe, wie sich eine außergewöhnliche Biene aus dem Haufen herausarbeitet. Sie hat einen extrem langen Hinterleib und auf dem Rücken einen wunderschönen, kreisrunden, leuchtend gelben Punkt. Tatsächlich, die Königin. Was anderes kann's nicht sein. So auffällig habe ich sie mir nicht vorgestellt. Ich werfe mich in den Liegestütz und nehme sie mir noch genauer vor. Dann richte ich mich verblüfft auf.

»Das gibt's doch nicht. Auf ihrem Rücken steht eine Zahl!«

»Welche, Benni? Das spart mir die Brille«, sagt der Imker und schaut mich erwartungsvoll an.

Moment, ist das vielleicht normal? Laufen Bienenköniginnen mit einer Nummer herum – wie Spieler auf dem Fußballfeld?

»Elf«, sage ich. Und dann will ich wissen, wie die Zahl auf den Leuchtpunkt gekommen ist. Den finde ich schon ungewöhnlich genug für eine Biene. Obwohl es natürlich in der Natur die verrücktesten Sachen gibt.

Friedl Kamp schüttelt den Kopf über mich. »Das ist doch ein Plastikplättchen, Benni! Mein Mann hat es der Königin draufgeklebt!«

Ach so. Kann ich doch nicht wissen. Schade eigentlich! Na ja. Schön sieht es trotzdem aus.

»Gelb bedeutet, dass die Königin vom letzten Jahr ist. Und elf ist die Nummer des Kastens, aus dem sie mit dem Schwarm ausgezogen ist. Jetzt schau nur, wie sie mit ihrem Gefolge in die Richtung zum Flugloch krabbelt! Fein, die Ersten sind schon drin.« Der Imker steht auf und reibt sich zufrieden die Hände. »Das hat geklappt. Nun können wir zum Bienenhaus. Die hier finden allein in ihren neuen Stock.«

6

Also, die Kamps hetzen mich ganz schön herum! Da will ich mir grade in Ruhe angucken, wie ein Haufen Bienen samt Königin Leuchtpunkt in einen Kasten einzieht – und schon schleppen sie mich ins Bienenhaus und reißen einen anderen Kasten auf, den mit der Nummer elf.

Aber aufreißen ist vielleicht nicht das richtige Wort. Genau gesagt hebt der Imker einen hölzernen Aufsatz vom Kasten ab und stellt ihn vorsichtig zur Seite. Darunter liegt ein Gitter über dem Kasten, das schwarz ist von Bienen. Der Imker nimmt das Gitter heraus und klopft die Bienen, die unten dran hängen, in den Kasten hinein. Die Hartnäckigen streift er mit einer Feder ab. Und dazu pafft er stinkende Rauchwölkchen aus einer Riesenpfeife über sie drüber.

Seine Frau steht rechts von ihm und ich baue mich an seiner linken Seite auf. Mir in meinem Maßanzug kann ja nichts passieren.

Der Kasten ist jetzt offen und darin hängen lauter Holzrahmen, zwischen denen Bienen hervorquellen. Die Imkerin reckt den Kopf vor.

»Was suchen wir diesmal?«, frage ich.

»Na, die neue Königin«, sagt sie.

»Ach so.«

Gregor Kamp schiebt die Pfeife in einen Mundwinkel und hält sie beim Sprechen fest. »Da die alte Königin weggeflogen ist, müsste eine neue geschlüpft sein.« Er zieht aus dem Kasten eine Wabe, die perfekt in einen Holzrahmen hineingebaut ist und auf der garantiert tausend Bienen spazieren laufen. »Aber finde die mal! Sie hat ja noch kein Plättchen auf dem Rücken.«

»Warum müssen wir sie finden?«

»Um sicher zu gehen, dass das Volk auch eine Königin hat.« Der Imker dreht und wendet und begutachtet die Wabe. Seine Frau hilft ihm gucken. Also, ich würde in dem Gewimmel nichts finden! Er hängt sie auch bald zurück und nimmt die nächste heraus. Meiner Schätzung nach sind etwa zehn von diesen Wimmelwaben im Kasten. Da hat er sich ja was vorgenommen!

»Äh – wissen Sie, wie viele Bienen da drin sind?«

Der Imker schiebt die Pfeife in den anderen Mundwinkel. »Jetzt, nachdem der eine Schwarm weg ist – vielleicht noch vierzig- bis fünfzigtausend.«

Vierzig- bis fünfzigtausend? Ich schnappe nach Luft. Das sind ja noch mehr, als ich befürchtet habe! Wie soll man da jemals Königin Ohnepunkt finden?

»Schauen wir doch nach den Weiselzellen«, schlägt die Imkerin plötzlich vor.

Ich frage mich, was das nun wieder ist.

Der Imker nickt. »Machen wir. – Benni, jetzt siehst du die Wiegen der Königinnen.«

Er zieht nach kurzer Suche eine bestimmte Wabe aus dem Kasten und deutet auf eine Reihe von draufgesetzten, verschlossenen, kapselförmigen Wachskammern. »Das sind sie, die Wiegen. Und was in einer Wiege drin ist, kannst du dir ja wohl denken.«

Natürlich wuseln auch auf dieser Wabe unzählige Bienen herum. Der Imker klopft die meisten von ihnen in den Kasten. Einige fliegen auf und Friedl Kamp geht für einen Moment in Deckung. Mich umschwirren sie auch bedrohlich, aber darüber kann ich in meiner Montur nur lachen.

Der Imker hat ja die Pfeife im Gesicht, der Rauch scheint ihn zu schützen. Allerdings sind seine nackten Finger an der Wabe, doch offenbar geschieht ihnen nichts, auch wenn die Bienen drüberkrabbeln. Ob er eine Abmachung mit ihnen getroffen hat? Schaut her, ich bin euer Imker, ich tu euch nichts, also tut mir bitte auch nichts!

»Benni«, flüstert er plötzlich. »Sie tütet!«

Wer? Was?

Und dann hör ich es auch. Ein winziger Pfeifton kommt aus den Wachswiegen.

»Eine Königin will schlüpfen«, sagt Gregor Kamp und geht mit der Wabe ein Stück vom Kasten weg. Seiner Frau raunt er zu: »Den Lockenwickler!« Glaube ich jedenfalls.

Während Friedl Kamp sich umdreht und ich mich noch frage, wie um alles in der Welt ich auf das Wort

Lockenwickler komme, verkündet mir der Imker schon in geheimnisvollem Ton: »Junge, du erlebst jetzt die Geburt einer Königin. Sie will raus und sie tütet.«

»Warum … äh, tütet sie?«

»Sie sagt damit: Ich komme. Sie sagt es zu einer Rivalin. Weißt du, was das ist?«

»Eine andere Königin?«

»Ja. Falls nun bereits eine Königin im Kasten ist – eine Rivalin also –, tütet die auch. Bei ihr heißt es: Ich geh ja schon. Danach haut sie ab. Mit einem Schwarm. Wenn zwei Königinnen sich nämlich begegnen würden, müsste eine die andere totstechen. Weil im Volk eben nur eine Königin sein darf.«

In meinem Kopf stellt sich eine Fechtszene ein. Sehr komisch. In Wirklichkeit greifen sich die beiden Damen vermutlich mit dem Hinterleib an.

»Gestern hat sich die alte Königin mit einem Schwarm davongemacht. Das ist im Prinzip nicht dumm, weißt du. Aber wo gibt es heute noch hohle Bäume oder sonst eine geeignete Bienenwohnung? Der Schwarm würde leider eingehen. Aber wir haben ihn ja zum Glück zurückgeholt.«

»Und wenn es jetzt wieder passiert?«, sage ich. »Die neue Königin hat sich ja schon gemeldet!«

Der Imker lächelt. »Deswegen bin ich vom Kasten weggegangen. Damit die andere es nicht hört. Wir können dem Schlüpfen in Ruhe zuschauen.«

Da ist es wieder, das feine Tüten. Ich versuche mit

den Augen die Wachskammern zu durchbohren – was leider nicht möglich ist. Und dann beobachte ich auf einmal was Irres: Eine Miniatursäge oder was auch immer spitzt aus einer der Wiegen hervor und schneidet ringsrum einen Deckel ab.

»Sie kommt«, flüstert Gregor Kamp. »Sie beißt sich durch.«

Er hält die Wabe ganz ruhig. Und da lüpft sich das Deckelchen und die neugeborene Königin schiebt sich heraus. Nervöse Bienen krabbeln um sie herum.

»Siehst du die Ammen, Benni?«, fragt der Imker lächelnd. »Sie wollen die junge Königin sofort füttern. Jetzt den Lockenwickler, Frau!«

Ich hab mich also doch nicht verhört!

Friedl Kamp fängt die Königin tatsächlich mit so einem Ding ein. Der Lockenwickler ist hohl und sieht aus wie ein Käfig. Sie stöpselt ihn zu. Gleich setzen sich die Ammen von außen drauf.

»Sie füttern die Königin durch das Gitter hindurch, sonst stirbt sie«, erklärt mir die Imkerin.

»Ist das ein echter Lockenwickler?«

»Sicher.« Der Imker neben mir lacht leise. »Auf den Trick ist eine Frau gekommen, wetten? Daran siehst du, dass in der Imkerei die Frauen kräftig mitmischen.«

»Und warum muss die Königin da rein?«

»Ach, weißt du ...«, sagt Friedl Kamp zögernd.

»Weil wir sie vielleicht brauchen. Als Ersatz. Falls im Volk wider Erwarten doch keine Königin sein sollte.«

Während der Imker mir diese Auskunft gibt, macht er was Grausiges: Er zerdrückt zwischen Daumen und Zeigefinger die anderen Kapseln samt Inhalt – und ich weiß ja, was drin ist!

»Tut mir Leid«, murmelt er, als er mein Gesicht sieht. »Sie müssten sowieso sterben. Die Natur kennt keine Gnade, nur Gesetze. Sie legt alles im Überfluss an, auch Königinnen. Und was dann zu viel ist, muss weg.«

Mir reicht's. Ich wende mich ab.

7

In meinem Rücken höre ich die beiden besorgt tuscheln. Sie haben anscheinend gemerkt, dass ich noch nicht so abgebrüht bin wie sie. Jetzt wollen sie mich garantiert trösten.

»Benni?«, sagt Friedl Kamp. »Magst du die junge Königin halten?« Sie drängt mir einfach den Lockenwickler auf.

Er liegt auf meinem dicken Handschuh und ich glotze ihn an. »Na, wenigstens hat die hier drin überleben dürfen«, grummle ich und verschiebe das Nachdenken über die Grausamkeit der Natur auf später. Ich beobachte, wie die Ammen sich um meine Königin kümmern. Wie um ein Baby. Echt komisch, wenn man es weiß.

Gregor und Friedl Kamp lassen mich in Ruhe und forschen weiter nach einer Königin im Kasten. Mir ist jetzt klar: Wenn sie meine hier reinstecken würden und es wäre schon eine drin, gäbe es Mord und Totschlag. Mit eingebautem Degen. Also sollen sie nur ordentlich suchen.

Ich räuspere mich. »Herr Kamp, wie geht das Füttern eigentlich? Man kann's nicht erkennen.«

»Die Ammen haben einen Behälter mit Futtersaft im Leib«, sagt der Imker, ohne seine Arbeit zu unterbrechen. »Ein Tröpfchen davon kommt aus ihrem Mund und die Königin saugt es auf.«

»Aha. Praktisch.«

»Ja, bei den Bienen ist alles fantastisch gut eingerichtet. Und kaum jemand weiß heutzutage noch was davon. Früher hielten sich viel mehr Leute Bienen. Der Pfarrer, der Lehrer … Und auch auf fast jedem Bauernhof standen ein paar Bienenstöcke.« Gregor Kamp pafft auf seiner Pfeife. »Schon in ältester Zeit«, murmelt er, »gehörte die Honigbiene zum Lebensbereich des Menschen.«

Er hat sich auf seiner Suche nach der Königin bereits bis zur Kastenmitte vorgearbeitet, als ich ihn plötzlich ruhig sagen höre: »Da ist sie.«

Ich dränge mich zwischen ihn und seine Frau und begucke mir die Königin auch. Sie sieht genau so aus wie meine. Zwar verschwindet sie dauernd im Gewimmel, aber wenn man sie mal geortet hat, entdeckt man ihren langen Hinterleib immer wieder.

Gregor Kamp hängt die Wabe zurück und will schon den Kasten schließen, als ihm anscheinend was einfällt. Er streckt die Hand nach meiner Königin und ihren Ammen aus.

Ich zögere. »Was machen Sie mit ihnen?«, frage ich misstrauisch. »Sie wollen sie doch nicht …«

»Hast du das gehört, Friedl?«, sagt der Imker mit einem Zwinkern. »Jetzt guck dir nur mal den Jungen an!«

Sie lachen alle beide nachsichtig. Dann wird der Imker ernst. »Benni, es hilft nichts. Die Ammen kommen ins Volk zurück, aber die Königin muss sterben.«

»Nein«, sage ich.

Da starren sie mich verdutzt an und wissen beide nicht weiter.

Ich bin auch etwas verblüfft. Und ratlos. Was soll ich denn mit der Bienenkönigin anfangen? Mir ist nur eines klar: Umbringen dürfen sie sie nicht. Und aushungern – falls das geplant ist – auch nicht. Was denken die beiden sich eigentlich? Zuerst eine Geburt bestaunen und dann das Wesen töten!

Gregor Kamp stellt bedächtig die Riesenpfeife auf einem Kasten ab und massiert sich die Wangen. Vielleicht hilft ihm das beim Nachdenken. Er soll sich gefälligst anstrengen und eine Lösung finden!

»Schau, Benni ...«, beginnt seine Frau.

Aber der Imker schneidet ihr das Wort ab. »Gut«, sagt er, »gut, es ist ein starkes Volk. Wir können's probieren.«

Ich warte gespannt darauf, dass er weiterspricht.

»Du willst doch keinen Ableger machen? Jetzt, wo schon der Schwarm raus ist?«, fragt seine Frau.

»Doch, das will ich. Aber nur ...« – der Imker dreht sich zu mir um und schaut mich scharf an – »nur wenn Benni sich um das Völkchen kümmert!«

»Ich ... ich«, stottere ich, »wie geht das denn?«

»Das zeig ich dir alles«, sagt der Imker. »Willst du?«

Ich denke mal eben nach. Die Frage ist hier nicht so sehr, ob ich will, sondern vielmehr, ob ich kann. Wie war das mit dem Astansägen? Das konnte ich ja auch. Und Gregor Kamp würde mich bestimmt nicht fragen, wenn er mich für zu blöd halten würde.

Ich beäuge meine Königin in ihrem Käfig. Ob sie ahnt, dass ihr Leben an einem seidenen Faden hängt, nämlich an meinem Ja oder Nein? Ich gebe mir einen Ruck.

»Sicher will ich.«

Jetzt wird der Imker geschäftig. »Bring einen kleinen Kasten, Frau.«

Er selbst holt auch was. Das Bienenhaus hat lange Regalbretter über den Fenstern. Darauf stehen in Reih und Glied hunderttausend Sachen.

»Komm her, Benni.«

Mit meiner königlichen Kinderstube in beiden Händen folge ich dem Imker. Er hängt zwei helle, leere Waben in den schmalen Kasten, den seine Frau bereitgestellt hat.

Dann bringt er eine volle, dunkle Wabe. Auf ihr sind alle Kammern mit Wachsdeckeln verschlossen.

»Das ist eine Honigwabe vom letzten Jahr, Junge, damit dein Völkchen gleich was zu fressen hat …«

Gut so, denke ich. Aber die armseligen paar Bienen auf meiner Hand – mein Völkchen? Doch da beobachte ich, wie der Imker eine Wimmelwabe aus dem großen Kasten hebt und sie herbringt.

»Benni, für dein Volk ist momentan nicht jede Biene geeignet. Auch wenn eine wie die andere aussieht – sie unterscheiden sich. Hier haben wir fast lauter Ammen. Sie sitzen nämlich auf einer offenen Brutwabe. In jeder Zelle der Wabe liegt eine Larve. Die Larven müssen ständig gefüttert werden. Deshalb findest du hier kaum Flugbienen.« Gregor Kamp klopft die Ammen in meinen kleinen Kasten hinein.

Jetzt fehlt nur noch die Königin. Die steckt nach wie vor im Lockenwickler.

»Darf sie jetzt raus?«

»Nein«, sagt der Imker. »Sie kommt im Käfig in den Kasten. Denn sicher sind uns auch ein paar Flugbienen reingeraten und die müssen erst ausfliegen. Sie könnten ihr gefährlich werden. Bis morgen bleibt deine Königin im Käfig. Aber die treuesten Ammen dürfen zu ihr rein.« Er nimmt mir den Lockenwickler aus der Hand.

Die treuesten? Also, für mich sehen die alle gleich aus – will er einen Psychotest mit ihnen machen?

Der Imker hält den Lockenwickler zwischen zwei Fingern und fährt sanft mit einer Feder darüber. Da fallen ein paar Bienen ab auf das darunter liegende Brett, die anderen klammern sich fest.

»Das sind sie, Benni.« Damit zeigt Gregor Kamp auf die Krabbeltierchen, die losgelassen haben.

Ungläubig schiele ich ihn an. »*Die* sollen es sein?«

Der Imker lächelt und nickt. »Die anderen haben sich in den Käfig verbissen, sie sind aggressiv.« Er zieht den Stöpsel vom Lockenwickler, sammelt fünf Bienen vom Brett und schiebt sie zur Königin hinein. Dann nimmt er aus einem Topf, den ihm seine Frau hinhält, eine Fingerspitze voll Teigmasse und streicht sie auf die Innenseite des Stöpsels, ehe er ihn wieder schließt.

»Futterteig«, sagt er, »den haben wir immer vorrätig.« Er gibt mir den Lockenwickler, damit ich ihn in meinen Kasten legen kann.

Ich bette meine Königin oben auf einen schmalen Spalt zwischen zwei Holzrahmen und verabschiede mich von ihr. »Morgen komm ich wieder und schau nach, ob du auch alles aufgegessen hast!«, sage ich. Irgendwie befällt mich plötzlich ein Rededrang. Es muss die Erleichterung sein.

Gregor Kamp lacht. »Sie würde neben dem Futterteig verhungern! Sie isst niemals selber, sondern lässt sich füttern. Ein Leben lang.«

»Weil sie eben eine Königin ist«, verteidige ich sie gleich, obwohl ich von dieser Eigenart bisher nichts gewusst habe.

»Richtig.« Der Imker zwinkert seiner Frau zu, wie ich genau sehen kann, und danach schmunzeln sie beide.

Ich schätze mal, sie sind zufrieden mit mir. Wahrscheinlich ist es für sie lustiger, wenn ich dabei bin.

Gregor Kamp verschließt meinen Kasten und stellt ihn ans Ende der Reihe. Das Flugloch zeigt nach draußen. »Hier ist dein Platz, Benni.«

Friedl Kamp kommt mit einem Stück Papier, einem Stift und einem Reißnagel an. »Willst du deinen Namen selber draufschreiben?«

»Na, sicher!« Ich zerre mir den rechten Handschuh runter, male in Großschrift *Benni Wolf* auf den Zettel und pinne ihn auf meinen Kasten. Kaum hängt das Ding, da fällt mir noch was ein. Ich bücke mich und schreibe in Klammer dazu: *Retter der Königin.*

Danach trete ich zurück und lege den Kopf schief. Liest sich echt gut, richtig heldenhaft. Was mich nicht daran hindert, den Handschuh ganz schnell wieder anzuziehen. Sicher ist sicher. Denn jetzt winkt mich der Imker nach draußen. Er will den Schwarm vom Wald ins Bienenhaus holen. Für den kurzen Transport verstopft er das Flugloch und macht es erst wieder auf, als der Kasten seinen Platz in der Reihe hat.

Draußen vor dem Fenster schwirrt jetzt die Luft von Bienen. Flugbienen hat der Imker sie vorhin genannt.

»Äh, Herr Kamp«, sage ich, »gibt es eigentlich auch Bienen, die nicht fliegen können? Geh-Bienen oder so?«

Der Imker lacht. »Was du für Einfälle hast, Junge! Fliegen können sie natürlich alle. Aber am Anfang ihres Lebens tun sie es nicht. Da haben sie Innendienst.«

»Innendienst?«

»Ja. Sie putzen den Stock und füttern die Brut. Etwas später bauen sie Waben. Erst ihren letzten Lebensabschnitt verbringen die Bienen so, wie jeder sie kennt.«

»Im Außendienst?«, frage ich schnell.

Der Imker nickt. »Sie verlassen den Stock und sammeln Nahrung, was so anstrengend ist, dass sie nach etwa fünfunddreißig Flügen verbraucht sind und sterben.«

»Oh.« Das gefällt mir aber gar nicht. »Und meine Königin?«

»Deine Königin ist ein ganz anderer Fall. Sie kann drei Jahre alt werden.«

»Gut«, sage ich erleichtert.

Wir sind fertig. Ich hänge meinen Schutzanzug an einen Haken und streife ihn mit einem letzten bedauernden Blick. Ich würde ihn ja so gern mitnehmen!

Als Friedl Kamp zusperrt, beschließe ich, noch eine sehr wichtige Frage zu stellen. »Frau Kamp, wo ist jetzt eigentlich der Honig?«

Sie schaut mich an und schlägt die Hände über dem Kopf zusammen. »Ja, Benni, hast du denn nicht die Waben gesehen?«

Waben hab ich wohl gesehen. Aber war da vielleicht Honig drin? Also, die hatten keine Ähnlichkeit mit dem Glas, das sie mir am Morgen gegeben hat! Das darf ich doch wohl noch feststellen.

»Gregor!«, ruft sie zum Auto hinüber. »Du hast dem Jungen hundert komplizierte Dinge erklärt. Aber nichts davon, wo der Honig herkommt. Was bist du eigentlich für ein Imker?«

Gregor Kamp macht den Kofferraumdeckel zu und dreht sich zu uns um. »Für den Honig bist du zuständig, Frau, das war immer so. Ein bisschen Arbeitsteilung muss sein. Also erklär es ihm gefälligst selber.«

So kriege ich während der Heimfahrt von Frau Kamp einen Blitzkursus in Sachen Honig. Hinterher bin ich ein ganzes Stück klüger.

8

Wer etwas weiß, kann gut damit angeben. Und deshalb setze ich mich daheim gleich zu meiner Mutter an den Küchentisch und gucke ihr so lange beim Kartoffelschälen zu, bis sie sagt: »Jetzt schieß schon los!«

An meinem Vater bin ich vorbeigeschlichen. Er fummelt draußen noch immer an seinem zukünftigen Teich herum und wünscht sich garantiert einen Hilfsarbeiter, den er nach dem Hammer, der Schaufel, der Karre oder sonst was schicken kann, das kenn ich! Das ist auch der Grund, warum ich in den vergangenen Jahren nie Lust hatte, mit ihm hierher zur Baustelle zu fahren.

Meine Mutter dagegen kriegt ihren Kartoffelsalat ganz gut alleine hin. Sollte ihr aber doch was für mich einfallen, so kann ich immer noch behaupten, dass ich Salz nicht von Zucker und Mayonnaise nicht von Meerrettich unterscheiden kann. Sie seufzt dann höchstens und holt sich selber, was sie braucht.

Ich stütze mein Kinn in die Hände. »Wetten wir was, Mama? Dass du zum Frühstück meinen Honig gegessen hast und nicht mal weißt, wie er ins Glas gekommen ist?«

»Gewonnen«, gibt meine Mutter zu. »Aber gut war der, sag ich dir, ganz anders als der Honig vom

Supermarkt!« Sie leckt sich nachträglich noch über die Lippen.

»Kann sein, dass es in Zukunft mehr davon gibt«, werfe ich lässig hin.

»Ach, wirklich?«

»Tja, wirklich.« Ich sonne mich in ihrer Überraschung. »Erstens weiß ich jetzt, wie der Honig ins Glas kommt. Und zweitens hab ich bereits ein eigenes Bienenvolk.«

Meine Mutter legt den Kopf schief. »Benni«, sagt sie ungläubig, »das ist doch sicher mit Arbeit verbunden!«

Ich zucke die Achseln. »Schon. Aber es ist eine wahnsinnig spannende Arbeit.«

In diesem Moment guckt mein Vater zur offenen Tür herein. Er macht ein Gesicht, als hätte er sich verhört.

»Benni, hast *du* gerade gesprochen?« Er bückt sich und schaut unter den Tisch, ob vielleicht da unten noch einer sitzt. »Tatsächlich«, murmelt er und richtet sich wieder auf. »Mein Sohn hat was Positives zum Thema Arbeit von sich gegeben!«

Ich starre ihn wütend an. Der soll bloß nicht so schwach daherreden – einer, der nur Sklavenjobs verteilt!

»Wahnsinnig spannende Arbeit, so, so«, macht er weiter und lässt sich nun auch bei uns nieder.

»Allerdings«, fauche ich. »Für dich tausendmal in den Keller rennen und Zeug suchen und das Falsche bringen und noch einmal geschickt werden – das ist *nicht spannend*!«

Meine Mutter schießt mir einen zustimmenden Blick über den Tisch zu. Sollte sie diese Erfahrung etwa auch schon gemacht haben?

Mein Vater ist von meiner Rede beeindruckt. Er nickt schuldbewusst. Dann klaut er meiner Mutter eine geschälte Kartoffel aus der Schüssel und stopft sie sich in den Mund. »Und *was* war so wahnsinnig spannend?«, fragt er mit vollen Backen.

Ich lehne mich zurück und hole tief Luft. »Alles. Einfach alles.« Die Honigstory, die mir die Imkerin auf der Heimfahrt erzählt hat, hab ich noch bestens im Kopf. »Zum Beispiel weiß ich jetzt, dass es nicht einen Grund, sondern drei Gründe gibt, warum die Bienen in die Blüten fliegen. Na?«, fordere ich meine Eltern heraus. Mal sehen, was sie wissen.

»Zum Bestäuben«, sagt mein Vater natürlich sofort.

Und meine Mutter meint gleichzeitig: »Zum Honigholen!«

»Zum Honigholen«, ahme ich sie verächtlich nach. »In den Blüten ist doch kein Honig!«

Meinen Vater lobe ich und dazu schlüpfe ich in die Haut unserer Biotante. »Deine Antwort war richtig, Martin. Setz dich. Du kriegst ein ›Sehr gut‹. Das Bestäuben ist das Wichtigste überhaupt!« Ich grinse meinen Vater an und er mich.

Wie das Bestäuben geht, haben wir übrigens letztes Jahr bei der Biotante gelernt. Damals fand ich das Thema zum Gähnen. Blütenstaub aus einer Blüte wird von der Biene unabsichtlich an die Narbe der nächsten Blüte gebracht. Sie streift daran vorbei, um an ihren Nektar zu kommen. Das ist schon alles. Aber es muss sein, sonst gibt's keine Befruchtung und so weiter.

Die Biotante hätte heute ihre Freude an mir. Aber leider bin ich ja von ihrer Schule weg und sie sieht mich nie wieder.

»Was ist dann in den Blüten drin, wenn nicht Honig?«, fragt meine Mutter irritiert. Vielleicht hätte sie auch gerne ein ›Sehr gut‹ von mir gekriegt.

»Nektar natürlich! Flüssiger Nektar. Die Bienen saugen ihn heraus und verarbeiten ihn im Stock zu Honig«, kläre ich sie auf. »Aus einem Teil des Nektars machen sie übrigens Wachs. Das brauchen sie zum Wabenbauen. Das Wachs soll sogar so wertvoll sein wie der Honig selbst.«

»Bienenwachs wird aus Nektar gemacht?«, fragt mein Vater zweifelnd.

»Klar!« Vor einer Stunde habe ich es auch noch nicht gewusst.

Mein Vater bohrt in der Schüssel nach einer weiteren ganzen Kartoffel. Aber meine Mutter hat sie alle schon klein geschnippelt. So begnügt er sich mit einem Scheibchen. Und mit einem Schlag auf die Finger.

Er schaut mich mit gerunzelter Stirn an. »Da fehlt doch noch was! Erstens bestäuben, zweitens Nektar holen – aber was ist das Dritte?«

»Schon mal was von Pollen gehört?«, frage ich.

»Das ist der Blütenstaub!«, macht sich meine Mutter wichtig.

»Erraten«, sage ich. »Es gibt aber viel mehr Blütenstaub, als man zum Bestäuben der Blüten braucht. Und den sammeln die Bienen ein, genau wie den Nektar.«

»Wozu das denn?«, will meine Mutter wissen.

»Äh – weiß nicht. Oder doch, warte, ich weiß es schon. Sie füttern ihre Brut damit. Glaub ich wenigstens. Aber ich wollte euch eigentlich erklären, wie man den Honig aus den Waben kriegt.«

»Er wird herausgeschleudert, ätsch«, sagt mein Vater. »In einer Schleuder, mit Fliehkraft.«

Mir rutscht vor Enttäuschung die gute Laune in den Keller. Alter Besserwisser, der! Aber da fällt mir noch was ein und ich reibe es meinem Vater hin: »Ich darf beim Schleudern helfen, Doppelätsch!«

»Du *darfst* beim Schleudern helfen?«

»Ja. Und ich krieg was dafür. Taschengeld oder ein Glas Honig.«

»Nimm den Honig!«, ruft mein Vater sofort.

Ich wiege den Kopf hin und her. »Das überleg ich mir erst noch.« Denn vom Honig muss ich wohl anstandshalber was abgeben, aber das Geld gehört mir. Und Geld kann ich nun wirklich gebrauchen.

»Ich nehme wahrscheinlich das Geld«, gebe ich bekannt.

Dass ich mir damit die Militärausrüstung zusammensparen will, behalte ich lieber für mich. Ich muss ja an so einem schönen Sonntagmittag, wo's Kartoffelsalat und Schnitzel gibt, keinen Streit heraufbeschwören und uns allen den Appetit verderben! Wobei ich mir allerdings plötzlich gar nicht mehr so sicher bin, ob ich überhaupt noch mit diesen Foltertypen spielen will. Im Moment jedenfalls lockt es mich nicht, mir ist nicht mehr langweilig.

Wir essen auf der Terrasse. Mittendrin sagt mein Vater plötzlich: »Heute Vormittag war jemand für dich da, Benni. Ein Mädchen. Ich hab leider vergessen, sie nach ihrem Namen zu fragen.«

Ich horche auf. Ein Mädchen? Für mich?

»Ha... hatte sie lange, braune Haare?«, stottere ich. Es kann ja fast nur Arabella gewesen sein. Sie ist die Einzige aus meiner Klasse, die auch in Lützelheim wohnt.

»Ja. Und sie war ungefähr einen Kopf größer als du.«

Dann war's Arabella. Dass sie so groß ist, stört mich übrigens sehr. Aber andererseits kann ich ja jederzeit wahnsinnig zu wachsen anfangen. Darauf warte ich dringend.

»Was wollte sie?«, frage ich und merke, dass ich rot geworden bin.

Mein Vater ist so taktvoll und geht darüber hinweg. »Keine Ahnung«, sagt er. »Sie hat nur gefragt, ob du da bist.«

»Kommt sie noch mal vorbei?«

Er nickt. »Ja. Sie will um zwei Uhr am Waldrand sein, du würdest schon wissen, wo.«

Sicher weiß ich das. Arabella meint garantiert die Baumfestung. Ob die Sailer-Truppe vielleicht etwas damit zu tun hat? Ob es eine Falle ist? Ich beschließe, mal lieber verdammt vorsichtig zu sein.

Dann grüble ich vor mich hin. So was, Arabella war hier … Jammerschade, dass ich sie verpasst habe.

»Hast du einen Geist gesehen, Benni?«, neckt mich mein Vater. »Vorhin warst du doch noch so gesprächig!«

Ich mampfe und schweige. Denkt der vielleicht, dass ich über alles mit ihm rede?

Aber auf einmal fällt mir ein, dass ich doch glatt das Wichtigste zu erzählen vergessen habe. Ich stütze die Hand mit der Gabel auf.

»Papa, jetzt halt dich mal fest. Der Imker hat mir ein Bienenvolk geschenkt – und was glaubst du wohl, wo seine Bienen herstammen?«

»Wie soll ich wissen, wo seine Bienen herstammen?«, fragt mein Vater erstaunt.

Da verrate ich es ihm genüsslich. »Er hat sie *deinem Opa* abgekauft!«

Überraschte Stille. Mein armer Vater hat eine

Zugriffszeit wie ein veralteter Computer. Als er es endlich kapiert, pfeift er leise durch die Zähne.

»Ja, so was!«, ruft meine Mutter. »Martin, das muss dich doch freuen!«

»Tut es auch.« Mein Vater lächelt. »Sieht man's nicht?«

»Einen Freudensprung dürfte es dir schon wert sein«, schlage ich vor. »Schließlich ist noch was von deinem Opa lebendig ...«

Da steht mein Vater vom Tisch auf und hüpft um die Terrasse wie ein bescheuertes Känguru. »Besser so? Seid ihr jetzt zufrieden?«

Meine Mutter nickt begeistert. Sie mag es, wenn er den Clown spielt. Ich natürlich auch. Aber jetzt spurte ich los und ziehe einen Rechen zur Seite, damit mein irrer Vater nicht draufhüpft und sich auch noch vor lauter Spinnerei mit dem Stiel den Schädel einschlägt.

9

Von meinem Fenster aus beobachte ich, wie Arabella sich der Baumfestung nähert. Zuerst steht sie eine Weile darunter auf der Wiese, dann steigt sie hinauf. Sie hat nichts Olivgrünes an, sondern Jeans und ein weißes Hemd!

Es könnte noch immer eine Falle sein …

Aber eigentlich sieht es gar nicht danach aus. Ich verlasse mein Zimmer. Im Haus ist niemand. Meine Eltern liegen im Garten und dösen. Wie ich sehe, haben sie die Liegebetten eng zusammengerückt. Ihre Hände sind ineinander verschlungen. Ohne sie zu stören schleiche ich mich an ihnen vorbei und schwinge mich über den Zaun.

Als ich über die Wiese laufe, winkt mir Arabella aus der Baumfestung zu.

Unter ihr angekommen äuge ich erst mal in den Wald hinein. Aber es ist weit und breit niemand zu sehen. Oder haben sich die Jungs hinter den dickeren Bäumen versteckt?

»Wo ist die Truppe?«, rufe ich zu Arabella hinauf.

Sie setzt sich in den Einstieg und lässt die Beine baumeln. »Nicht da. Heute ist nichts los. Bei Jochen zu Hause feiern sie irgendwas, er durfte nicht weg.«

»Und die anderen?«, frage ich misstrauisch.

Ich sehe, wie sie die Achseln zuckt. »Ohne Jochen läuft nichts. Und überhaupt tut sich zurzeit wenig.«

Das hört sich etwas enttäuscht an.

»Kommst du rauf?« Arabella rückt zur Seite. Jetzt ist Platz für noch einen, der die Beine baumeln lassen will.

Aber so dicht neben ihr sitzen – nein, das schaff ich nicht. Deshalb steige ich zwar hinauf, zwänge mich aber an ihr vorbei und lasse mich auf die Obstkiste plumpsen.

»Falls du was suchst ...«, sagt Arabella lauernd. Sie dreht sich zu mir um, zieht die Beine auf die Plattform und mustert mich. Eine Hand hat sie hinter dem Rücken versteckt.

Was sollte ich suchen? Ich will eigentlich nur friedlich bei ihr sitzen.

»... da ist es.« Arabella zieht was hinter ihrem Rücken hervor. Ich erkenne sofort mein Buch, das ich mir gestern zum Lesen mitgenommen hatte. Sie guckt sich den Titel an. »Jetzt weiß ich, was du hier immer machst.«

»Und? Ist das verboten?« Ich strecke die Hand aus. An mein Buch hab ich nach dem Überfall nicht mehr gedacht.

Arabella hält es aber fest. »Ja, ist es. Denn die Baumfestung ist militärisches Sperrgebiet. Sie gehört uns.«

»Ihr seid ja nie hier!«

»Nur weil wir den Bunker gebaut haben. Aber jetzt ist er fertig und wir besetzen alle Stellungen.«

Darauf habe ich keine Antwort. Überhaupt lässt mich bei Arabella meistens mein Mundwerk im Stich.

Sie liest jetzt in meinem Buch und ich schaue über die Brüstung hinaus in den dunstigen Himmel. Bienenwetter, hat Gregor Kamp gesagt, schwül, windstill, da fliegen sie bis zum Abend.

Im Bienenhaus, fällt mir ein, ging mein Mundwerk wie geschmiert. Dort war's mir auch nicht mulmig oder sonst wie beklommen.

Plötzlich fragt Arabella: »Wie sieht's aus mit der Montur? Kommst du irgendwie zu Geld?«

Ich zerpflücke einen Tannenzapfen in lauter Schuppen und sage vorsichtig: »Einen Job hab ich jetzt. Aber bis ich genug angespart habe, das dauert. Das geht nicht so schnell.« Ich weiß schließlich nicht, wann man Honig schleudert und wie oft. Und wie viel ich dafür kriege.

»Klar«, meint Arabella sachverständig. »Die Klamotten sind leider ziemlich teuer. Und du kannst sie nur im Military-Shop kaufen. Ich hab auch in einem Secondhandshop nachgefragt, aber nichts da.«

»Tja …«, sage ich.

Arabella spielt mit dem Buchdeckel. »Also, gestern hab ich die anderen gefragt, ob wir dich nicht einfach so mitmachen lassen sollen, ohne Klamotten … Weil du so schnell rennen kannst, zum Beispiel«, fügt sie hinzu. Dann schaut sie mich an und ihre Augen sind sehr hell. »Aber denen war das nicht recht.«

Ich nicke. Hätte ich ihr gleich sagen können.

»Es ist so …«, sie zögert. »Feinde brauchen wir ja auch, das musst du verstehen.«

Schon. Aber warum soll gerade ich dauernd der Feind sein? Ich will auf der richtigen Seite mitmachen! Allerdings bin ich nicht bereit, mich an jedem Mist zu beteiligen.

»Was meint ihr eigentlich mit Folter?«, frage ich.

»Wie?« Arabella hebt den Kopf. »Ach so, das. Nichts Schlimmes.« Sie lacht ein bisschen.

»Aber was genau?«, bohre ich nach.

Arabella blinzelt ins Licht. »Was ihnen gerade einfällt.«

Wieso *ihnen*? Will Arabella selber nichts damit zu tun haben? Ist es so übel?

»Und was fällt ihnen ein?«, frage ich weiter.

»Mensch, Benni«, sagt sie gereizt, »quetsch mich nicht aus. Das ist doch Militärgeheimnis!«

»Aber ich will wissen, was ihr mit mir gemacht hättet!«, sage ich wütend.

»Was hätten wir schon gemacht? Ist doch bloß ein Spiel!«

»Was?«, knirsche ich. »W-A-S!«

Arabella legt den Kopf schief. Sie kriegt auf einmal ganz schmale Augen. »Angst hättest du auf jeden Fall bekommen«, sagt sie drohend. »Oder hast du vielleicht nicht schon Schiss gehabt, ha?«

Das würde ich niemals zugeben, nicht mal unter der Folter.

»Schiss vor solchen lahmen Enten!«, höhne ich. »Ihr hättet mich erst mal kriegen müssen!«

»Pah«, sagt Arabella, »wir haben doch noch gar nicht Ernst gemacht, wir sind überhaupt nicht richtig gelaufen.«

»Das glaubst du ja selbst nicht!«

»Wenn's aber wahr ist! Außerdem hab ich dir beim Losbinden einen Schubs gegeben, damit du abhauen und einen Vorsprung kriegen konntest!«, faucht sie.

Ich fixiere sie erstaunt. Das könnte sogar stimmen. Ja, wenn ich genau darüber nachdenke: Sie hat mich auf die Hand geschlagen, als wollte sie sagen: Lauf los! Aber vor ihren hellen, zornigen Augen gebe ich gar nichts zu, jetzt erst recht nicht.

»Das kann jeder behaupten«, sage ich.

»Ach, du bist einfach blöd!« Arabella knallt mir das Buch hin. Aber aufstehen tut sie nicht.

Ich übrigens auch nicht.

Nach einer Weile murmle ich: »Ich weiß gar nicht, ob ich die Montur überhaupt noch will. Ich hab schon eine bessere.«

Arabella guckt hoch. »Ach nee? Was für eine denn?«

»Einen Katastrophen-Schutzanzug.«

»Einen richtigen?«, fragt Arabella interessiert.

»Eigentlich schon. Kommt auf die Katastrophe an.« Ha, ha, denke ich und stelle mir den Überfall eines Bienenschwarms vor. »Der Anzug bedeckt jedenfalls alles, auch das Gesicht«, informiere ich Arabella.

»Und wo hast du den her?«

»Von meinen Freunden.«

Darauf kaut Arabella ziemlich lange herum. Als ich keine weitere Erklärung abgebe, meint sie wegwerfend: »Wahrscheinlich ist er nur geliehen. Oder gehört er dir vielleicht?«

Das wüsste ich selber gern. Mein Schutzanzug hängt in einem fremden Bienenhaus – gehört er mir dann? Wohl eher nicht. Vielleicht kommt ein anderer Typ meiner Größe des Weges, hilft einen Schwarm fangen und kriegt ihn.

Das würde mir stinken! Aber es ist doch ziemlich unwahrscheinlich. Denn ich bin für morgen ja schon wieder mit dem Imker verabredet. Er holt mich gleich nach der Schule ab. Seine Frau hat diesmal keine Zeit. Sollten vier Hände benötigt werden, bin zum Glück ich da, hat er gemeint. Das sagt doch alles, oder?

Ich behaupte deshalb kühl: »Aber garantiert gehört der mir. Er hat ja genau meine Größe.«

Arabella schaut zweifelnd drein. »Dann ist es gar kein echter Schutzanzug! Solche gibt's nur für Erwachsene!«

»Wer sagt denn das?«, empöre ich mich.

»Ich, hörst du doch.«

Sie grinst.

»Und wenn ich es dir beweise?«, zische ich.

»Gut. Geh runter und hol ihn!« Arabella zeigt in die Richtung, wo unser Haus steht.

Das bringt mich nun doch in Verlegenheit. »Dort ist er leider nicht«, sage ich mürrisch.

Arabella guckt mich an und nickt langsam. »Ich glaube, du bist ein Lügner, Benni«, sagt sie.

Es ist auf einmal unheimlich still. Die Vogelstimmen schneiden mir richtig scharf in die Ohren. Arabella sitzt gegenüber meiner Obstkiste am Boden und schaut mit ihren hellen Augen zu mir hoch. Aber ehe ich mich gegen ihre gemeine Behauptung wehren kann, dreht sie sich um, schiebt die Beine voraus und klettert den Stamm hinunter.

»Ich muss heim«, sagt sie nur.

Ich blicke ihr hinterher und mir fällt nichts ein, was ich ihr nachrufen könnte. Mein Problem im Moment ist einfach, dass ich an den Schutzanzug nicht rankomme und ihr die Wahrheit nicht beweisen kann.

Arabella nimmt den Fußweg zur Siedlung. Sie geht nicht mal schnell und ich könnte sie mühelos einholen. Aber sie glaubt mir ja nicht. Ehe ich versuche, sie zum Bienenhaus zu schleppen, und ehe ich mich dabei grausam blamiere, weil ich mich im Wald hoffnungslos verirre, werde ich erst mal einen Weg durch den Forst auskundschaften. Die Autostrecke durchs Dorf und im weiten Bogen über die Landstraße wäre kein Problem, jedenfalls nicht, wenn ich das Fahrrad nehmen würde. Aber es muss einen direkten Zugang durch den Wald geben – schließlich bin ich so schon einmal hingekommen.

Ohne eine lästige Meute auf den Fersen, die mich durch die Gegend scheucht, mache ich mich auf die Suche.

10

Am Montagmorgen schaue ich mir vom Schulbus aus das riesige Waldgebiet an. Es liegt ein Stück weg von der Landstraße hinter Feldern und Wiesen und zieht sich ganz schön lang hin. Von hier sieht es dicht und geschlossen aus. Aber es führen doch Wege hinein und gestern hab ich das Bienenhaus nach langem Umherirren schließlich gefunden. Den Rückweg übrigens auch.

Wenn mich Arabella nächstens wieder *Lügner* schimpft, bringe ich sie hin und sage: Glaubst du mir jetzt? Aber leider schaut sie mich nicht mal an. Als wenn ich Luft wäre! Sie tut, als würde sie Vokabeln lernen, schon an der Bushaltestelle hat sie nur ins Buch geguckt.

Jochen behandelt mich nicht wie Luft. Aber sein Gesichtsausdruck wechselt ständig. Mal grinst er überlegen, dann wieder wirft er mir finstere Blicke zu. Ich schließe daraus, dass er sich irgendwie mit mir beschäftigt.

Mir geht es mit ihm übrigens genauso. Aber ich versuche ihn nicht zu beachten. Heute frage ich ihn garantiert nicht, ob er mich in der Truppe haben will. Denn die Antwort glaube ich schon zu kennen. Auf die fehlenden Klamotten würde er diesmal wahrscheinlich gar nicht eingehen, sondern eher das Spiel vom Samstag fortsetzen. Zum Glück hat er seine Untergebenen von der Truppe nicht dabei.

In der Zeichenstunde kommt ein Briefchen von Jochen. Ich falte es mit einem unguten Gefühl auf. Und tatsächlich steht eine Drohung drin:

Bekanntmachung

Alle ausländischen Spione, die sich in den Forst wagen, werden gnadenlos erschossen.

Na, das liest sich ja nicht gerade wie eine Geburtstagseinladung. Blödes Spiel, bei dem man nicht einmal gefragt wird, ob man überhaupt mitmachen will!

Mein Herz fängt zu klopfen an. Jochen beobachtet mich in diesem Augenblick von hinten, das ist mir klar. Und deshalb krieg ich ein ganz steifes Genick. Ich schiebe den Zettel unter mein Heft und tue so, als hätte ich ihn nicht erhalten. Soll er sich doch denken, was er will.

Aber seine Aktion bringt mich auf die Idee, auch ein Briefchen zu schreiben. Ich überlege kurz. Dann kritzle ich was hin, mache beim Hinausgehen einen Umweg und lasse den Zettel auf Arabellas Tisch fallen.

Wenn Arabella ihn aufgefaltet hat, wird sie lesen: *Ich bin kein Lügner. Morgen kann ich es dir beweisen. Um vier am Treffpunkt?*

Ich gehe weiter, ohne mich nach ihr umzudrehen. Ich hätte Arabella gern heute getroffen, aber ich bin ja schon mit Gregor Kamp verabredet und weiß nicht, wie lang es bei ihm dauern wird.

Auf der Heimfahrt warte ich auf ein Zeichen von Arabella. Es beunruhigt mich nicht, dass keines kommt. Sie hat ja noch einen ganzen Tag Zeit.

11

Im Kühlschrank finde ich einen Rest Kartoffelsalat von gestern und ein fertiges Schnitzel, das ich nur kurz in die Mikrowelle schiebe. Montags ist die Verpflegung immer so gut wie am Sonntag. An den weiteren Tagen bis Freitag sieht es allerdings düster aus. Meine Mutter kocht nur am Wochenende. Denn sie und mein Vater essen mittags in der Stadt. Also muss ich mir aus irgendwelchen Fertiggerichten selber was brutzeln. Weil das mit Arbeit verbunden ist, esse ich meistens nur ein paar Brote. Oder auch eine Tüte Chips, je nachdem.

Aber heute bin ich fein raus. Die Mikrowelle einschalten fällt nicht unter den Begriff Arbeit. Ich lasse mir das Schnitzel schmecken, mache den Kartoffelsalat nieder und schiebe noch drei Schokoriegel hinterher.

Als Gregor Kamp draußen hupt, bin ich gerade fertig. Im Auto legt er mir eine Tüte von seiner Frau auf die Knie. Ich mache sie auf und finde vier Schokoriegel darin. »Damit du im Wald nicht verhungerst, hat sie gesagt.«

Ich unterdrücke ein Stöhnen und grinse ihn an. Heute kann ich keinen Schokoriegel mehr sehen, geschweige denn essen!

Der Imker trägt seinen ewigen Filzhut, eine blaue Latzhose und einen groben Kittel. Er erwidert mein Grinsen mit einem kurzen Zwinkern und sagt: »Dann wollen wir mal, wir zwei!«

Ich beobachte ihn beim Schalten und Lenken, denn diesmal sitze ich ja vorn. Er fährt anders als mein Vater oder meine Mutter, gemütlicher. Außerdem fällt mir auf, dass ich ihn inzwischen mit der Nase identifizieren könnte. Gregor Kamp riecht genauso wie das Bienenhaus: nach Rauch und Wachs und Honig.

Wenige Minuten später finde ich den Geruch dann auch im Bienenhaus wieder. Nur ist er hier noch viel stärker als im Auto. Wenn man mich blind um die Welt führen und zuletzt im Bienenhaus abstellen würde, wüsste ich, wo ich wäre, denke ich. Es ist schon komisch.

Mein schmaler Kasten steht ganz am Ende der Reihe. Dort ist übrigens eine Tür in der Giebelwand des Bienenhauses, die ich noch nie offen gesehen habe. Es muss dahinter noch einen Raum geben, denn von außen sieht man ein Fenster im Giebel.

»Wo geht's da eigentlich hin, Herr Kamp?«, frage ich.

»Schau rein«, fordert mich der Imker auf.

Ich mache die Tür auf und betrete ein kleines Zimmer, das blitzt wie ein frisch gescheuertes Bad aus der Fernsehwerbung. Ringsherum ist eine Arbeitsplatte angebracht, darunter sind Eimer und sonstige Gerätschaften aufgereiht. Mitten auf dem Fußboden steht eine Art Kessel mit einer Kurbel zum Drehen.

»Ist das die Honigschleuder?«, frage ich. Ich lege meine Schokoriegel ab und befingere die Kurbel.

»Jawohl«, sagt Gregor Kamp. »Das ist sie. Der ganze Stolz meiner Frau.«

»Sie haben mir versprochen, dass ich beim ersten Schleudern helfen darf«, erinnere ich ihn.

»Wir können dich dabei sogar sehr gut gebrauchen, Benni«, bestätigt mir der Imker. »Drei Paar Hände sind beim Schleudern einfach ideal. So, und jetzt komm raus. In den Schleuderraum darf nämlich keine Biene hineingeraten. Sie wäre darin gefangen.«

Ich gehorche und schließe die Tür. Gregor Kamp zeigt mir, dass zwischen den Glasscheiben und der Holzwand im übrigen Bienenhaus Spaltfugen sind, durch die verirrte Bienen hinauskrabbeln können.

»Schlau«, sage ich. Und dann fällt mir wieder ein, dass ich ja wegen meiner Königin hergekommen bin.

»Schlüpf in deinen Anzug«, ordnet der Imker an.

Während ich damit beschäftigt bin, fragt er plötzlich, ob ich eine Bienenallergie habe.

»Nicht dass ich wüsste«, sage ich. »In der Pause hat mich mal eine Biene gestochen. Das hat scheußlich wehgetan und dann ist nichts weiter passiert. Wir haben aber einen in der Klasse, der muss sofort zum Arzt, wenn ihn eine Biene sticht. Der kriegt keine Luft mehr.«

Gregor Kamp nickt. »Gut, dass du nicht so veranlagt bist. Glück gehabt! Vielleicht willst du dann heute mal die Handschuhe weglassen?«

Ich überlege kurz und hebe dann mit bloßen Händen den Deckel von meinem Kasten. Da hängen schon die ersten Bienen dran – gefährlich nah und zur Attacke bereit, wie mir scheint. Vor Schreck lasse ich den Deckel los. Er knallt auf den Kasten.

Der Imker schüttelt den Kopf. »Das ist schlecht für dein Volk«, sagt er tadelnd.

Es tut mir ja Leid. Vor allem wegen meiner Königin. Die liegt gleich obenauf und hat vielleicht den Schock ihres Lebens abgekriegt.

»Ich zieh lieber doch die Handschuhe an«, murmle ich und schnappe sie mir.

»Ja, mach das. Du musst erst die Angst loswerden.« Der Imker hilft mir, die Gummibündchen der Ärmel über die Handschuhstulpen zu ziehen. So kann keine Biene reinkrabbeln.

»Dauert es lange, bis man keine Angst mehr hat?«, frage ich.

Gregor Kamp mustert mich. Dann meint er bedächtig: »Schwer zu sagen. Aber bei dir hab ich ein gutes Gefühl.«

Na, da bin ich aber froh! Ich war schon besorgt, dass ich ihn verärgert haben könnte.

Diesmal nehme ich den Deckel vorsichtig ab und streife die Bienen mit einer Feder in den Kasten hinein.

Aber die plumpen Handschuhe verwünsche ich. Ohne sie wäre ich viel geschickter. Vor allem kann ich mit meinen wattierten Händen den Lockenwickler nicht greifen.

»Scheiß Handschuhe«, beschwere ich mich.

Der Imker lacht. »Geduld gehört auch zum Bienenhandwerk«, sagt er weise und holt den Lockenwickler heraus.

»Geht's meiner Königin gut?«, frage ich gespannt.

Gregor Kamp nickt. »Ich befreie sie für dich.«

Damit zieht er den Stöpsel ab und legt den geöffneten Käfig zurück auf den Spalt zwischen den Wabenrahmen.

»Nein, nicht!«, rufe ich erschrocken. Wenn die Königin zwischen den Waben verschwindet, sehe ich sie so leicht nicht wieder. »Können wir nicht zuerst ein Farbplättchen auf ihren Rücken kleben?«

»Das wäre momentan eine zu große Belastung für sie«, sagt der Imker. »Es reicht schon, dass sie sich jetzt mit dem Volk anfreunden muss. Außerdem ist sie noch nicht begattet.«

»Noch nicht ... was?« Ich gucke zu, wie die fünf Ammen zielstrebig aus dem Käfig krabbeln. Meine Königin dagegen hat keine Eile.

»Findet sie nicht raus?«, frage ich besorgt.

Der Imker ist inzwischen mit einem anderen Kasten beschäftigt. »Lass ihr Zeit«, sagt er. »Sie ist nur vorsichtig, das ist alles.«

Da fällt mir meine Frage von vorher wieder ein. »Was heißt *begattet*?«

Gregor Kamp schiebt seine Pfeife von einem Mundwinkel in den anderen. »Kennst du dich mit der Zeugung beim Menschen aus?«

Au wei. Das ist nicht gerade das Thema, über das ich am liebsten rede. Aber auskennen tu ich mich schon. Dank unserer Biotante. Den Vorgang, den sie korrekt und langweilig wie ein Lexikon beschrieben hat, kann man übrigens bestens in gewissen Filmen beobachten. Die kommen immer am späten Abend. Dass die Biotante damals aufs Abfragen verzichtet hat, haben wir ihr alle hoch angerechnet. Wer spricht schon gern vor der ganzen Klasse über Sex! Doch was die Bienen betrifft – machen die so was etwa auch? Kann ich mir überhaupt nicht vorstellen!

»Klar kenn ich mich aus«, töne ich.

Der Imker grinst mich an. »Ein Glück, dass meine Frau heute nicht dabei ist. Unter Männern redet sich das viel leichter.«

Oh? Na, dann mal los …

Er winkt mich zu sich und pflückt eine Biene von einer Wabe. Die setzt er neben eine andere, die auf einem Kasten rumkrabbelt. »Was fällt dir auf, Benni?«

»Dass die eine viel größer und dicker ist als die andere!« Sonst kann ich nichts Bemerkenswertes entdecken.

»Richtig«, sagt der Imker. »Die dicke ist ein Drohn.«

»Ein Drohn?«

»Ja. Eine männliche Biene. Der Drohn hat einen ähnlichen Geschlechtsapparat wie du und ich.«

»Ah, ja«, hüstle ich. Also doch!

»So. Und die Königin ist natürlich ein Weibchen«, fährt der Imker fort. »Sie verlässt normalerweise den Bienenstock nur ein einziges Mal in ihrem ganzen Leben. Und zwar begibt sie sich bald nach dem Schlüpfen auf den Hochzeitsflug. Das macht sie an einem warmen Nachmittag, wenn viele Drohnen draußen sind. Der Drohn, der es schafft, seinen Samen in ihr loszuwerden, muss das mit dem Leben bezahlen. Denn es reißt ihm den Penis ab.«

Diese Auskunft fährt mir schaurig mitten durch den Leib.

»Grauenvoll«, murmle ich und wünsche dem Drohn, der vor meinen Augen ziemlich orientierungslos herumirrt, ein langes Leben.

»Es braucht etwa acht Drohnen«, fährt Gregor Kamp unbarmherzig fort, »bis der Samenbehälter der Königin gefüllt ist. Die acht sterben also auf der Stelle. Aber die anderen Drohnen sind auch nicht besser dran. Sie werden von den Arbeiterbienen später totgestochen oder ausgehungert. Sie sind wehrlos, denn sie haben keinen Stachel. Nahrung sammeln können sie auch nicht. Die Bienen müssen sie nur in eine Ecke des

Stocks drängen und ohne Futter lassen, bis sie so schwach sind, dass sie sie aus dem Flugloch stoßen können. Tja, so ist das. – Jetzt schau aber nach, Benni, was deine Königin inzwischen macht!«

Ich drehe mich dankbar um. Vom Sexualleben der Bienen hab ich fürs Erste genug.

12

Ich werde Zeuge, wie meine Königin sich endlich von ihrem Käfig trennt. Von zahllosen Bienen umgeben, verschwindet sie zwischen den Waben.

»Sie hat's geschafft«, sage ich und atme auf. »Was soll ich jetzt tun?«

»Den Kasten schließen und das Volk in Ruhe lassen. Das ist alles, was es jetzt braucht. Es muss die Königin pflegen, bis sie bereit ist zum Hochzeitsflug.«

Ich lege den Deckel auf. »Und wann ist sie bereit?«

Der Imker bläst gerade Rauch und antwortet danach: »In etwa drei bis fünf Tagen. Aber sie kann nur raus, wenn das Wetter gut ist.«

»Und wenn es schlecht ist?«

»Dann wartet sie noch einen Tag.«

»Und wenn es weiter und weiter schlecht ist?«, frage ich beunruhigt.

Der Imker schaut mich an. »Ja, Benni, wenn es nicht zur Begattung kommt, kann die Königin nur unbefruchtete Eier legen, aus denen Drohnen werden. Es gibt keinen weiblichen Nachwuchs und damit stirbt das Volk.«

Ich schaue zum Fenster hinaus in die Sonne und rechne schnell: Montag, Dienstag, Mittwoch, Donnerstag … »Falls es regnen will«, zische ich, »soll es gefälligst sofort anfangen. Ab Mittwoch muss es nämlich wieder schön sein!«

Der Imker lacht mich nicht aus. Er stellt die Pfeife weg und lässt sogar die Hände ruhen. Mit dem Rücken gegen einen Kasten gelehnt sagt er: »Jetzt hast du das Wichtigste kapiert, Benni. Alle Vorgänge im Bienenvolk sind gänzlich vom Wetter abhängig. Das versteht normalerweise niemand, der nicht damit zu tun hat. Die Leute sehen nur den Honig und denken, der kommt von selber rein und man muss ihn nur ausschleudern und in Gläser abfüllen. So dumm sind die Leute! Sie alle würden sich ja Bienen halten, wenn der Stachel nicht wäre, den sie fürchten. Na, die würden gucken! Wenn du's ihnen zu erklären versuchst, winken sie ab, als würdest du dich wichtig machen. Und wenn meine Frau den Honig auf dem Wochenmarkt verkauft, tun sie ihr schön ins Gesicht. Aber hintenrum schimpfen sie, dass der Honig zu teuer sei. Die denken, wir vergolden daheim unsere Türklinken mit dem Honiggeld! – Ja, das ist der Neid, Benni. Und der kommt aus der Unwissenheit.«

Gregor Kamp nimmt den Filzhut ab und streicht seine schütteren Haare nach hinten, ehe er ihn wieder aufsetzt. Dann dreht er sich abrupt um und schiebt sich die Pfeife in den Mund. Er pustet ein Rauchwölkchen und fährt in seiner Arbeit fort, als sei nichts gewesen.

Ich bin von seiner langen Rede ziemlich erschlagen und weiß nicht, was ich darauf antworten soll. So hab ich den Imker noch nicht erlebt, so bitter. Sonst war er immer gemütlich und lustig. Wenn ich nur nichts vom Wetter gesagt hätte!

Ich blinzle in die Sonne hinaus und wünsche mir ein Gewitter. Nach einem Gewitter regnet es meistens und danach ist der Himmel wieder klar. Klar und schön für den Hochzeitsflug meiner Königin. Wenn ich schon eine habe, soll sie auch zu ihrem Hochzeitsflug kommen.

Die Heimfahrt beginnt Gregor Kamp diesmal mit einem kleinen Umweg. Er hält zu meiner Verwunderung an einem Bach an und zeigt mir eine lange Reihe von Weidenbüschen.

»Die hab ich vor drei Jahren gepflanzt«, erzählt er mir im Verschwörerton. »Von den Weidenkätzchen holen sich meine Bienen ihre erste Frühjahrsnahrung. Wenn ich Glück hab, gefallen die Kätzchen der Gemeinde so gut, dass die Büsche weiterwachsen und zu Bäumen werden dürfen.«

Das erinnert mich an was. »Ha, mein Vater hat auch eine Kätzchenweide im Garten! Sie hat geblüht, als wir ins Haus eingezogen sind. Aber Bienen hat mein Vater nicht drauf gesehen – und das hat ihm zu denken gegeben.«

Gregor Kamp lacht mich an. »Nächstes Frühjahr stellst du ihm dein Volk in den Garten. Dann sind seine Probleme vorbei.«

»Echt? Geht das denn?«

»Sicher geht das. Und jetzt will ich dir noch was zeigen.«

Diesmal hält Gregor Kamp an einer kleinen Wiese an. Eine solche habe ich weit und breit noch nicht gesehen. Sie ist bunt von Blumen, während auf allen anderen Wiesen eigentlich nur Gras wächst.

»Das Fleckchen Land gehört einem Umweltschützer«, sagt Gregor Kamp. »Die Leute nennen den Mann einen Spinner. Aber er demonstriert ihnen nur, was uns verloren gegangen ist. Wie die Wiesen früher ausgesehen haben, als man sie noch nicht überdüngt hat. Das war Bienennahrung, Benni! Damals gab's auch Wegraine, wo Wildkräuter und Blumen wachsen durften. Und blühendes Unkraut im Getreide. Das wird heute alles weggespritzt und weggedüngt und umgeackert. Ein paar mehr Spinner wie dieser Mann und ich – und die Welt wäre wieder schöner. Glaubst du nicht auch?«

Tja, was soll ich dazu sagen. Ich zucke verlegen die Achseln. Über so was habe ich noch nie nachgedacht.

Gregor Kamp startet das Auto wieder. »Zum Glück setzt langsam ein Umdenken ein«, meint er. »Die Gemeinden pflanzen wilde Kirschbäume zu Hunderten. Oder sie richten Biotope ein. Nur an Imkern fehlt's leider …«

Als Gregor Kamp mich vor unserem Haus rauslässt, ruft er mir noch nach: »Benni, nimm's einem Spinner nicht übel, dass er dich heute voll geschwatzt hat!«

Ich grinse ihn an und schüttle den Kopf. Vielleicht bin ich selber schon ein Spinner. Und mein Vater ist ja garantiert einer. Denn er hat seinen Teich nicht etwa ausgehoben, um darin Goldfische einzusetzen. O nein, der Teich ist eine Vogel- und Insektentränke.

13

Das Gewitter ist gestern leider ausgeblieben und damit der Regen. Die Sonne brennt auch heute herunter. Hoffentlich tut sie das noch mindestens drei Tage lang – wenn sie's schon nicht lassen kann!

Von Arabella ist kein Zeichen gekommen. Im Bus nicht und in der Schule nicht. Aber angeschaut hat sie mich wieder. Wenn auch nur von weitem. Und nachdenklich, wie mir schien. Aber gesagt hat sie nichts.

Dafür ist von Jochen Sailer ein zweiter blöder Brief auf meinem Tisch gelandet: *Dein Glück, Spion, dass du dich nicht mehr in den Wald traust!*

Darauf bin ich gar nicht eingegangen. Obwohl ich ihm hätte hinreiben können, dass ich sehr wohl im Wald war. Nur halt nicht gerade da, wo er mich vielleicht erwartet hat.

Der kann mich mal! Wenn ich nicht reagiere, kriegt er vielleicht genug und sucht sich einen anderen Feind. Zu seiner Truppe will ich sowieso nicht mehr, solange er sich so blöd benimmt.

Jetzt ist es vier Uhr. Vor einer knappen Stunde ist die Sailer-Truppe im Wald verschwunden. Ich konnte schon mit bloßem Auge von meinem Fenster aus beobachten, wie sie zuerst eine Weile an der Baumfestung geblieben und dann in den Wald hineingelaufen sind. Trotzdem hab ich noch das Fernglas meines Vaters geholt und geduldig den ganzen Waldrand abgesucht. Nichts Verdächtiges.

Ich nähere mich der Baumfestung. Sie könnte mir wieder zur Falle werden, deshalb steige ich gar nicht erst hinauf.

Leider, leider habe ich Arabella bei der Truppe gesehen. Meine Hoffnung, dass sie zum Treffpunkt kommt, ist ganz gering. Aber ausgemacht ist ausgemacht. Und ein paar Minuten zugeben kann ich auch, vielleicht überlegt sie sich's noch.

Natürlich geht ihr die Truppe vor, das verstehe ich schon. Aber ein wenig enttäuscht bin ich doch.

Um mir die Zeit zu vertreiben, gucke ich wieder durchs Fernglas. Ich lehne mich bequem an den Baum. Es ist witzig, wie man einen ganz kleinen Ausschnitt des Waldes vergrößern und herholen kann und wie plötzlich die Sicht komplett weg ist, wenn man einen Baumstamm ganz in der Nähe einfängt.

Als ich von weiter weg ein Geräusch höre, lasse ich das Glas sinken und suche mit zusammengekniffenen Augen den ganzen Wald ab. Da – eine Bewegung zwischen den Bäumen, ein olivgrüner Schatten! Gleichzeitig knackt und raschelt es. Dann kommt offen und in vollem Lauf eine Gestalt in Tarnkleidung auf mich zugerannt. Es kann nur Arabella sein – jeder andere würde sich anschleichen.

Ich richte mich zu meiner vollen Größe von einem Meter zweiundvierzig auf.

»Hallo«, schnauft Arabella und überragt mich wieder mal um mindestens einen halben Kopf. Als sie die Kappe abnimmt, ist es ein wenig besser. Die verschwitzten Haare fallen auf ihre Schultern. Ihr Gesicht ist gerötet.

»Wenn du mich umsonst hergelockt hast …«, droht sie und ringt nach Luft.

Ich schüttle den Kopf. »Wie bist du überhaupt von den anderen weggekommen?«, will ich wissen.

»Ich hab angeblich einen Termin beim Zahnarzt.«

»Ach?«, tue ich erstaunt. »Lügst du etwa?«

Arabella schaut mich mit hellen Augen an. »Wenn's sein muss«, gibt sie zu.

»Ich auch«, sage ich. Dann kichern wir beide.

»Also?«, fragt Arabella plötzlich scharf.

»Wir müssen ein Stück laufen. Kannst du noch?«

»Aber ja doch«, sagt sie überrascht.

»Äh – um genau zu sein, durch den ganzen Forst.«

»Wohin denn, um Himmels willen?«

»Zum Zahnarzt«, albere ich.

»Affe«, schnaubt Arabella. »Also, wohin?«

»Du wirst es sehen.«

Jetzt wird Arabella sehr ungeduldig. Aber neugierig ist sie auch. »Na gut, dann los! Die anderen sind vermutlich noch beim Bunker. In die Richtung sollten wir besser nicht geraten.«

»Ich weiß ja nicht, wo der Bunker ist«, meine ich hoffnungsvoll.

Arabella durchschaut mich. »Ich korrigiere dich schon rechtzeitig«, sagt sie spöttisch.

Tja, Pech für mich. Ich muss außerdem noch über die ganze Wiese laufen, damit ich das Fernglas über den Zaun in unseren Garten legen kann. Danach machen wir uns endlich auf den Weg. Ich ertappe mich dabei, wie vorsichtig ich mich bewege. Aber es entgeht mir nicht, dass auch Arabella sich ständig verstohlen umsieht.

Wir reden kaum. Und wenn, dann nur leise. Nebeneinander oder hintereinander marschieren wir durch den Wald. Das ist jetzt einer der Momente, wo ich um keinen Preis nach Augsburg zurückmöchte.

An einer Wegkreuzung beobachtet mich Arabella von der Seite. Als ich mich für die eine Richtung entschieden habe, atmet sie heimlich auf.

Jetzt weiß ich, wo's zum Bunker geht! Ich wundere mich nur, dass ich mich gar nicht besonders darüber freue. Dabei hätte ich vor gar nicht so langer Zeit viel dafür gegeben, den Platz kennen zu lernen.

»Wie weit noch?«, fragt Arabella.

»Hab's doch gesagt. Durch den ganzen Forst. Kannst du nicht mehr?«

»Pah!«

Wenn's nach mir ginge, dürfte der Marsch gern noch zwei, drei Tage dauern.

Weit vor uns sehe ich dann Helligkeit durch die Bäume schimmern. Es ist der Waldrand. Ich werfe Arabella einen Blick zu. »Wir sind leid... gleich sind wir da.«

»Wurde auch langsam Zeit«, sagt sie und schaut sich um. »Hier waren wir mit der Truppe noch nie.«

Beim Näherkommen registriere ich mit Erleichterung, dass Gregor Kamps Auto fehlt.

»He«, ruft Arabella und bleibt überrascht stehen, »habt ihr eine Hütte im Wald?«

Ich schüttle den Kopf. »Komm, du wirst es gleich sehen.« Damit führe ich sie zum Bienenhaus und im Bogen drum herum zur Südseite, wo die Fluglöcher sind.

Arabella zuckt zurück. »Hilfe, das ist ja ein Bienenhaus!«

Wir halten hübsch Abstand und beobachten den Flugbetrieb. Als ein paar von diesen hektischen Hubschraubern abdriften und uns gefährlich nahe kommen, gehen wir noch weiter unter die Bäume.

»Gehört das Bienenhaus euch?«, will Arabella wissen.

»Nein, meinen Freunden«, sage ich. »Bis auf ein Bienenvolk, das gehört mir.«

»Ach? Wirklich?«, fragt Arabella mit echtem Interesse.

Ich nicke, als wäre der Besitz eines Bienenvolks so selbstverständlich wie der Besitz einer Zahnbürste.

»Und jetzt wirst du gleich sehen, dass ich nicht gelogen habe. Aber du musst für fünf Minuten weggucken, klar?«

Arabella dreht sich wortlos um und legt die Stirn an einen Baumstamm.

Ich schleiche davon. Misstrauisch äuge ich zu Arabella hinüber, als ich mir den Schlüssel aus dem Baumversteck hole, wo er an einem Nagel hängt. Dann schließe ich mit einem komischen Gefühl im Bauch das Bienenhaus auf. Wahrscheinlich wäre es Gregor und Friedl Kamp nicht recht …

Ich steige schnell in den Schutzanzug, stecke den Kopf in die starre Kapuze, ziehe den Reißverschluss hoch, zupfe das schwarze Gitter vor meinem Gesicht zurecht, fahre in die dicken Lederhandschuhe und zerre mir mühsam den Gummibund der Ärmel über die Stulpen. Gestern hat mir der Imker dabei geholfen … Verflixt, ich will jetzt nicht an ihn denken.

Dann schließe ich die Tür hinter mir. Ich gehe leise ums Haus herum und stelle mich absichtlich mitten hinein in den Flugbetrieb. Von hier rufe ich halblaut: »Fertig, du kannst gucken!«

Arabella dreht sich um und sucht mich. Ich halte still wie ein Denkmal. Sie braucht zwei oder drei Sekunden. Dann zieht sie überrascht die Luft ein und schlägt sich die Hand vor den Mund. Als sie sich vom Schreck erholt hat, fängt sie nervös zu kichern an. »Benni, komm da raus!«

»Warum denn?« Die Bienen umkreisen mich wütend.

»Komm schon!« Sie stampft mit dem Fuß auf.

Ich grinse mir eins und verlasse schön gemächlich den gefährlichen Ort.

Arabella mustert mich von oben bis unten. »Also gut«, gibt sie zu, »du hast nicht gelogen.«

Wir sind zwei ziemlich schräge Gestalten, eine im Kampfoverall und die andere im Imkeranzug. Arabella merkt es anscheinend im selben Moment wie ich. Wie auf Kommando lachen wir los.

»Wimmelt es innen drin auch von Bienen?«, will sie dann wissen.

»Wenn kein Kasten geöffnet ist, eigentlich nicht.«

»Kann ich rein?«

Au wei. Dieser Wunsch bringt mich schwer in die Klemme. Wir beide im Bienenhaus – und dann kreuzen vielleicht doch die Besitzer auf …

»Da muss vor kurzem jemand einen Kasten geöffnet haben«, sage ich geistesgegenwärtig. »Also, ich würde es dir nicht raten!«

»Kannst du die Biester nicht wegfangen?«

»Arabella«, sage ich, »du hast wirklich keine Ahnung von Bienen. Wie soll ich die denn fangen?«

»Schade.« Arabella guckt enttäuscht.

Ich auch. Auf einmal fällt mir was ein: die Schokoriegel im Schleuderraum, die ich gestern dort liegen gelassen habe.

»Warte auf mich, ja?«, sage ich zu Arabella. Ich renne ins Bienenhaus und beeile mich, den Schutzanzug loszuwerden. Dann schnappe ich mir die Schokoriegel und stecke sie ein. Ich sperre das Bienenhaus ab, winke mit dem Schlüssel und rufe: »Arabella, kannst du noch mal weggucken?«

Sie starrt mich verständnislos an. Auf einmal dreht sie sich mit einem Ruck um und stapft ein Stück in den Wald hinein. Dort bleibt sie stehen – Rücken zu mir – und stützt die Arme in die Seiten.

Als ich wenig später bei ihr ankomme, fährt sie herum und faucht: »Ich will ja gar nicht wissen, wo du den Schlüssel versteckst!«

»He …«, sage ich verlegen. Sie hat wieder diese hellen, zornigen Augen. »Ich hab dir das Bienenhaus gezeigt«, verteidige ich mich. »Aber du machst aus eurem Bunker ein Riesengeheimnis!«

Da runzelt Arabella die Brauen. Sie senkt die Augen und starrt den Waldboden an, als hätte der ihr was getan.

Ich bin davon überzeugt, dass sie jetzt mächtig sauer ist.

Aber plötzlich wirft sie den Kopf nach hinten und sagt: »Gut, wir gehen hin.« Dann schaut sie auf ihre Uhr. »Zwanzig nach fünf. Vielleicht sind sie schon weg. Aber es ist nicht sicher. Warten wir noch ein paar Minuten.«

Manchmal nehmen die Dinge überraschende Wendungen. Wer hätte gedacht, dass ich heute noch zum Bunker komme, und das ganz friedlich!

Ich ziehe die Schokoriegel aus der Tasche. Damit setzen wir uns am Waldrand ins Gras und lassen es uns gut gehen. Ich erzähle Arabella von meiner Königin. Wie ich sie gerettet habe und alles. Nur die Begattung lasse ich weg.

14

Genau wie ich mir's gedacht habe: An der bewussten Kreuzung mitten im Wald biegt Arabella rechts ab!

Sie wirft mir böse Blicke zu. Auf einmal sagt sie: »Dir ist schon klar, dass sie es nicht wissen dürfen?«

»Logo«, sage ich. »Aber wenn du nicht willst …«

»Doch. Versprochen ist versprochen.« Sie stapft weiter.

Als wir beide gleichzeitig was hören, ducken wir uns schnell hinter einen Baum. Arabella verliert das Gleichgewicht und sitzt auf dem Hosenboden, ich halte mich am Stamm fest.

»Bin ich blöd«, lacht sie, »das war doch nur ein Eichelhäher. Da – wieder!«

Der Vogel macht ein Wahnsinnsgekreische.

»Woher weißt du, dass es ein Eichelhäher ist?«, frage ich.

»Von Jochen. Sein Vater ist Jäger. Der Eichelhäher warnt angeblich die anderen Waldbewohner vor einem Eindringling – in diesem Fall vor uns.«

Wir warten, dass sich der Schreier beruhigt.

Plötzlich kichert Arabella. »Heute hatten wir übrigens endlich wieder mal einen Feind.«

»So, und was ist daran so witzig?«, frage ich säuerlich.

»Weil's ein ziemlich komischer Feind war – ein entlaufener Dackel!«

»Ach. Hat er sich wenigstens fangen lassen?«

Arabella zieht die Schultern hoch und gluckst. »Das war ja gerade das Komische. Wir sahen ihn weit voraus auf dem Weg stehen. Jochen brüllte: Ein Feind! Da kam das Vieh auf uns zugerannt und wedelte wie blöd mit dem Schwanz.«

»Was habt ihr mit ihm gemacht?«, will ich wissen.

Arabella zuckt die Achseln. »Weiß nicht. Ich musste ja los. Zu dir! Sie haben ihn sicher weggescheucht.«

Ich wiege bedenklich den Kopf. Als ehemaliger Hundesitter kenne ich mich ganz gut aus. »Der findet vielleicht nie mehr heim, der irrt im Wald herum und verhungert!«

Arabella glaubt mir nicht. »Ich denke, Hunde können so gut Spuren lesen?«

»Wenn sie Angst haben, nicht. Vielleicht war er auch ausgesetzt.«

Jetzt trifft mich ein bestürzter Blick. »Dann gehen wir sofort heim und ich frage Jochen!« Arabella springt auf.

Ich verwünsche meine dämliche Redesucht. Der Dackel ist möglicherweise längst zu Hause und ich darf seinetwegen auf den Bunker verzichten – wer weiß, wann wieder eine solche Gelegenheit kommt!

»Los, Benni!«, sagt Arabella und winkt ungeduldig.

Aber ich bewege mich nicht. Der Hund, auf den ich in der Stadt aufpassen musste, war auch ein Dackel. Und jetzt fällt mir plötzlich ein, worüber ich mich bei ihm am meisten geärgert hatte: Er lief vertrauensvoll mit jedem Fremden mit.

»Hör mal, Arabella, der Hund ist garantiert den Jungs nachgelaufen! Was hätte er denn sonst tun sollen? Wirklich, ich kenn mich da aus! Wir können weitergehen.«

»Benni, weißt du eigentlich, was du willst? Erst machst du mir Angst, dann behauptest du wieder das Gegenteil ...«

Ich erkläre Arabella schnell, wie es kommt, dass ich über Hunde – und ganz besonders über Dackel – Bescheid weiß. Arabella ist damit die Erste, der ich überhaupt von meinem Stadtleben erzähle.

Unversehens setzen wir uns dabei wieder in Marsch. Wir erreichen ein halbhohes Waldstück. Die Baumstämme dort sind noch dünn und wir müssen uns unter dürren Ästen ducken. Es ist kein schöner Wald. Kein Gras, kein Moos, nur Reisighaufen.

Mit einem Mal bleibt Arabella stehen und ich pralle ihr in den Rücken.

»Pssst!« Sie hebt die Hand und horcht.

Jetzt höre ich es auch: ein entferntes Wimmern wie von einem kleinen Kind. Wir schauen uns an. Oder wie von einem kleinen Hund ...

Arabella rennt los, ich hinter ihr her.

»Hilf mir!«, keucht sie und räumt Reisigbündel von einer Waldstelle weg. Wir sind dem Wimmern ganz nah. Es kommt aus der Erde unter uns. Es ist klar und eindeutig das klägliche Weinen eines verzweifelten Hundes.

Unter dem Reisig tauchen unerwartet aneinander gelegte Bretter auf. Keine Frage, dass sie eine Grube überdecken.

Arabella reißt drei davon weg und unter uns sehen wir einen kleinen, schwarzen Dackel. Er springt heftig, aber erfolglos an der Erdwand hoch. Sein Wimmern steigert sich noch und schlägt bei unserem Anblick um in überglückliches Gejaule.

Ich werfe mich auf den Bauch und strecke meine Hand hinunter. Dieser Hund wird mir nichts tun, so viel ist sicher. Ich lasse mich belecken und dann hebe ich ihn heraus. In seiner Freude bringt er mich schier um. Hält keine Sekunde still. Will mir ins Gesicht, mit der Zunge, mit den Pfoten. Wedelt und springt und wimmert vor Glück. Wir kugeln lärmend auf dem kratzigen Boden herum, ich und der kleine Hund, der in Wirklichkeit eine Hündin ist.

Einmal gucke ich zu Arabella hoch. Da gefriert mir das Lachen im Gesicht: Arabella steht mit finsterer Miene auf den Brettern und hat die Fäuste geballt.

Ich rapple mich auf und nehme die Hündin auf den Arm. Sie beleckt mich wild mit ihrer nassen Zunge. Ich sage zu Arabella: »Willst du sie nehmen?«

Ich erschrecke, als Arabella plötzlich zu toben anfängt. »Diese blöden Ärsche!«, kreischt sie. Dann dreht sie sich um und heult.

Ich weiß nicht, was ich tun soll. Deshalb setze ich mich mit der Hündin auf den Boden und nehme ihr das Halsband ab. Wie ich vermutet habe, steht ihr Name auf der Rückseite. Daneben finde ich eine Telefonnummer. Was mich sehr erleichtert. Denn jemand, der einen Hund aussetzt, hinterlässt keine Telefonnummer.

»Sie heißt Jenny«, sage ich, als könnte das Arabella beruhigen. »Eine Telefonnummer haben wir auch.«

Arabella scheint nicht zu hören.

Ich präge mir die Nummer ein und lege dem Hund das Halsband wieder an. Danach habe ich nichts mehr zu tun. Jenny kuschelt sich auf meinen Beinen zurecht und will einschlafen. Sie ist wahrscheinlich von der ausgestandenen Angst total erschöpft.

»Arabella«, murmle ich, »sie haben ihr immerhin nichts getan. Sie hätten sie ja auch noch ... foltern können.«

Fuchsteufelswild fährt Arabella herum. »Jawohl!«, schreit sie. »Das hätte noch gefehlt!«

Ich wage nicht zu sagen, dass sich die Truppe das vielleicht für morgen vorgenommen hat – das wäre sicher kein Trost für Arabella. Was weiß ich denn von Jochen und seinen dummen Freunden? Mir haben sie immerhin ganz nett Angst eingejagt. Allerdings war

Arabella damals auch dabei und sie könnte doch nicht grausam sein, oder?

Jetzt setzt sie sich endlich zu mir auf den Boden und fängt an, Jenny zornig zu streicheln.

»Die sind ja so blöd«, stößt sie hervor. Dann guckt sie mir ins Gesicht. »Ich bin mit denen fertig! – Willst du das Zeug haben?« Sie reißt grob am Stoff ihrer Hose. »Ich geb's dir zum halben Preis!«

»He«, sage ich überrascht. »Lass mal!«

»Du willst es also nicht? Gut, ich krieg's schon los. Kein Problem.«

»He, Arabella ...«

Sie springt auf. »Kommst du jetzt endlich? Ich muss noch Hausaufgaben machen!«

Hausaufgaben ... au wei. Die stehen mir auch bevor. Und dazu noch ein paar freundliche Fragen meiner Eltern. Es ist nämlich schon halb acht und ich habe zu Hause keine Nachricht hinterlassen. Das fährt mir jetzt rein wie ein Stich.

Beim Aufstehen muss ich Jenny leider wecken. Es passt ihr überhaupt nicht und ich sehe auch, dass sie schon wieder Angst kriegt.

»Komm, Jenny«, locke ich sie und laufe los. Die Hündin springt verzweifelt hinter mir her, durch Reisighaufen, die für ihre kurzen Beine zu hoch sind. Da nehme ich sie wieder auf den Arm.

Arabella grinst böse. »Benni und Jenny«, spottet sie. Ohne sich um den geöffneten Bunker auch nur im

Geringsten zu kümmern, folgt sie mir. Sie sagt kein Wort mehr.

Irgendwann wird mir die Hündin zu schwer. Ich lasse sie wieder laufen. Sie bleibt ganz dicht bei mir und guckt dauernd hoch, ob ich noch da bin. Mir kommt der Gedanke, den Besitzer nicht anzurufen …

Genau in diesem Moment macht Arabella den Mund auf: »Benni und Jenny, das ist echt witzig. Behalt sie doch einfach!«

Toll, wirklich. Leider ist mir aber gerade das Frauchen von meinem früheren Dackel eingefallen. Als der Dackel mal für eine Nacht weg war, drehte sie schier durch. Und dann noch einmal und noch viel schlimmer, als sie ihn wieder hatte. Das erzähle ich Arabella. Und danach knurre ich: »Das Erste, was ich daheim mache, ist telefonieren. Denn wenn ich bis morgen warte, tu ich's vielleicht nicht mehr …«

15

Es regnet in Strömen. Früher war mir das Wetter eigentlich egal. Ich hab auch nicht zwischen Regen und Regen unterschieden. Seit ich aber ein Bienenvolk besitze und eine Königin, die zum Hochzeitsflug will, hat sich das geändert. Ich gucke mir den Himmel genauer an. Er ist nicht etwa grau, sondern blauschwarz. Ein ziemlich ungewöhnlicher Morgenhimmel im Mai!

Ich halte mir die Schultasche über den Kopf und erreiche mit großen Sprüngen das rettende Bushäuschen. Nass bin ich zwar schon genug, aber jetzt geht es erst richtig los. Das ist ein Gewitterregen! Ich atme auf. Denn ein Gewitterregen dauert keine drei Tage. Er geht vorbei und danach scheint bestimmt wieder die Sonne.

In der Ecke vom Bushäuschen hockt Arabella. Sie hat ihre Beine auf die Bank gezogen. »Ich bin extra früher losgegangen«, sagt sie. Sie legt das Kinn auf die Knie und guckt mich an.

»Ich auch«, gestehe ich.

»Erzähl schon!«, fordert sie mich auf. »Was ist mit Jenny?«

Ich werfe meine Tasche auf die Bank und öffne sie. Dann wedle ich mit einem Hundertmarkschein.

»Finderlohn«, sage ich. »Die Hälfte ist für dich. Ich muss den Schein nur erst wechseln.«

»Vergiss es!«, protestiert Arabella böse.

»Wieso denn!«, widerspreche ich. »In Wirklichkeit gehört dir alles. Denn ich hätte den Bunker nie im Leben gefunden!«

Arabella schüttelt den Kopf und blitzt mich so zornig an, dass ich den Hunderter wegstecke, als sei er was Ekliges. Sie will nur wissen, wer Jenny geholt hat und was für Leute das waren.

»Ein Mann und eine Frau«, sage ich. »So mittleres Alter. Die Sache hat sie ziemlich fertig gemacht.«

Arabella nickt.

»Heute steht eine Suchanzeige in der Zeitung«, berichte ich weiter. »Jenny ist ihnen beim Morgenspaziergang ausgebüxt. Dann sind sie den ganzen Tag rumgefahren und haben nach ihr gerufen.«

Bei mir haben sie übrigens vor Freude geweint. Schon am Telefon. Die Frau hat gleich aufgeschluchzt. Da wusste ich wenigstens, dass meine Entscheidung richtig gewesen war. Solche Leute verdienen ihren Hund. Sie wollten von mir wissen, wo und wie ich Jenny gefunden habe. Ich schwafelte von einem Erdloch im Wald. Sie haben mir dann den Hunderter aufgedrängt, obwohl ich genauso protestiert habe, wie Arabella es jetzt tut. Ich bin mir schäbig vorgekommen, für so was Geld zu nehmen. Und noch dazu so viel.

»Mit dem Hunderter kannst du dir die Klamotten

leisten«, sagt Arabella. »Meine. Zum halben Preis.« Sie grinst mich an, als hätte sie einen extraguten Witz gemacht.

»Du wirst sie schon loswerden«, sage ich.

Der Regen prasselt aufs Dach. Wir schauen zu, wie sich draußen vor dem Häuschen ein See bildet.

»Es war nicht übel«, sagt Arabella, »solange wir was zu bauen hatten.« Ich brauche einen Moment, um zu begreifen, dass sie von der Sailer-Truppe spricht. »Aber seit der Bunker fertig ist«, fährt sie fort, »haben wir uns nur noch gestritten. Es gab einfach nichts mehr zu tun.«

»Ach, so ist das?«, sage ich erstaunt. Jetzt weiß ich wenigstens, warum die Truppe so scharf auf Feinde ist – aus reiner Langeweile!

»Ja, so ist das«, sagt Arabella mürrisch. »Außerdem sind Jungs sowieso kindisch. Und grausam.«

»Nicht alle«, widerspreche ich.

Arabella zuckt mit den Schultern. Das finde ich gemein von ihr. Sie könnte ruhig zugeben, dass ich nicht grausam bin. Stattdessen fragt sie mich, ob ich dafür bin, die Jungen wegen Tierquälerei anzuzeigen.

»Weiß nicht«, sage ich unbehaglich.

Arabella ist sich auch nicht sicher. »Oder glaubst du, es reicht, wenn sie wie Idioten vor dem aufgebrochenen Bunker stehen? Glaubst du, sie denken sich ihren Teil? Nämlich, dass sie gemeine Idioten sind?«

»Vielleicht«, sage ich langsam. »Vor allem, wenn sie

nicht wissen, wer am Bunker war. Es könnte ja auch zum Beispiel die Polizei gewesen sein, oder nicht?«

»Genau!« Arabella haut begeistert mit der Faust auf ihre Schultasche. »Die sollen sich nur Sorgen machen, das geschieht ihnen recht! Aus mir kriegen sie nichts raus, ich bin nämlich fertig mit denen.«

Ich kann nichts mehr darauf erwidern, denn jetzt kommen alle Busschüler angerannt, die wegen des Regens bis zur letzten Sekunde zu Hause gewartet haben. Vorneweg Jochen. Und der Bus biegt auch schon um die Ecke.

Beim Einsteigen drängt sich Jochen dicht an Arabella heran und schimpft zuerst über den Regen. Dann wird seine Stimme verheißungsvoll. »Aber wir treffen uns trotzdem heute Nachmittag. Unbedingt! Wir haben nämlich ... Ich kann hier nicht reden, Feind hört mit. Kommst du?«

»Nein«, sagt Arabella kalt.

Jochen guckt sie verdutzt an. »He, hast du was?«

»Ja«, sagt Arabella ätzend, »genug von dir und der ganzen Truppe!«

»Was?« Jetzt ist Jochen völlig verdattert. Er stolpert über das Trittbrett, rappelt sich auf und zwängt sich rücksichtslos an Leuten und Taschen vorbei durch den Gang nach hinten, wo seine fünf Getreuen bereits fuchteln, weil sie ihm und Arabella einen Platz freigehalten haben.

Aber anders als sonst rutscht Arabella vorn auf den

letzten freien Sitz. Ich schiebe mich weiter bis zur Busmitte und freue mich über das dämliche Gesicht von Jochen Sailer.

In der Schule ist Arabella ständig mit ihrer Freundin Marion zusammen. Ich habe keine Gelegenheit, sie zu fragen, ob sie vielleicht am Nachmittag was mit mir machen will. Heute könnte ich ihr das Bienenhaus zeigen, denn nach dem Gewitterregen ist es wieder heiß geworden. Gregor Kamp wird da sein. Er hätte bestimmt nichts dagegen, wenn ich Arabella mitbringe.

Aber ich komme ja nicht an sie ran. Nicht nur mit Marion, sondern auch mit anderen Mädchen hat sie es wichtig. Ich glaube, das macht sie wegen Jochen, damit er sie in Ruhe lässt. Dass sie damit auch mir die kalte Schulter zeigt, fällt ihr wohl gar nicht auf. Vielleicht hat sie aber auch gar keine Lust, mit mir was zu unternehmen, wer weiß. Jedenfalls sehe ich sie mit den Mädchen ständig lachen – bei mir faucht sie meistens.

Es wurmt mich. Ich merke, wie meine Laune immer schlechter wird. Am Ende der sechsten Stunde bin ich so weit, dass ich ihr Lachen nicht mehr hören kann. Es gibt mir zu verstehen, dass Arabella mich überhaupt nicht braucht.

Gut, gut, sie braucht mich nicht. Dann brauch ich sie aber auch nicht! Keinen Blick kriegt sie mehr von mir – oder höchstens noch einen von hinten. Ich dränge mich doch keinem auf!

16

Wenn ich Gregor Kamp gleich nach der Schule anrufe, nimmt er mich zum Bienenhaus mit, das haben wir am Montag ausgemacht. Mit Arabella wäre ich zu Fuß hingelaufen, aber allein mag ich das nicht. Also schnappe ich mir das Telefon.

Friedl Kamp ist dran. Sie freut sich, meine Stimme zu hören. Freilich nimmt mich ihr Mann mit! Und ob mir die Schokoriegel neulich geschmeckt hätten?

»Ja, die waren prima«, sage ich.

Ob ich schon zu Mittag gegessen hätte?

Ich schüttle unwillkürlich den Kopf, obwohl sie das ja gar nicht sehen kann. Die Frau hat keine Ahnung. Wo ich doch gerade erst vom Bus gekommen bin! Ich gestehe ihr, dass es heute nichts gibt und dass ich mir ein Brot mache.

Daraufhin ist es einen Augenblick still in der Leitung. Wahrscheinlich zerbricht sich Friedl Kamp über meine Mutter den Kopf. Jedenfalls erzählt sie mir dann mit lachender Stimme, dass sie sich heute verschätzt hat und für sich und ihren Mann einen viel zu großen Quarkstrudel gebacken hat. Sie wird ihm den Rest für mich mitgeben.

Ganz zuletzt fragt sie vorsichtig: »Geht deine Mutter zur Arbeit?«

»Ja«, sage ich. »Sie hat ihre alte Stelle behalten und kommt erst am Abend nach Hause.«

»Gut, dass ich das weiß«, sagt Friedl Kamp.

Was immer sie damit gemeint hat – ihr Quarkstrudel, den Gregor Kamp wenige Minuten später im Auto auf meinen Schoß legt, ist jedenfalls einsame Spitze. Ich mampfe und gucke dem Imker beim Fahren zu. Er lacht, als er sieht, dass es mir schmeckt.

»Was ist mit deinen Hausaufgaben?«, will er wissen.

»Die mach ich später«, sage ich lässig.

»Ist das deinen Eltern recht?«

»Meine Eltern mischen sich nicht ein, solange in der Schule alles läuft.«

»Hm!«, macht Gregor Kamp anerkennend. Danach klingt seine Stimme gewollt streng. »Dann sieh nur zu, dass es weiterläuft, sonst ist's schnell aus mit der Imkerei!«

Ich muss lachen. Denn fast dieselben Worte hat mein Vater heute früh gebraucht, ehe er wegfuhr. Und zwar, nachdem ich wegen des Regens und meiner hochzeitsreifen Königin ausgiebig gejammert hatte.

»Aye, aye, Sir«, sage ich zu Gregor Kamp. Es rutscht mir einfach so raus. Es ist die Antwort, die ich meinem Vater gebe, wenn etwas selbstverständlich ist.

Der Imker wirft mir einen raschen Blick zu, den ich nicht deuten kann. Ich frage mich schon, ob ich etwas falsch gemacht habe.

Er lässt mich ziemlich lange schmoren. Erst als wir am Bienenhaus aus dem Auto ausgestiegen sind, redet er wieder. »Hast du einen Opa, Benni?«, fragt er und stützt sich mit beiden Armen auf die Kühlerhaube wie einer, der vorhat, noch mehr Fragen zu stellen.

Verwundert nicke ich.

Der Imker wählt bedächtig seine Worte. »Weil – sonst hättest du mich Opa nennen können. Nur wenn du willst, natürlich.« Er blinzelt, die Sonne blendet ihn. »Oder wäre dir Gregor lieber?«

Ich weiß momentan überhaupt nicht, was ich sagen soll. Sprachlos starre ich ihn über die Kühlerhaube hinweg an. Und wie ich so gucke und wie er seinen Hut abnimmt, sich die Haare nach hinten streicht und ihn wieder aufsetzt, merke ich was. Nämlich, dass ich Gregor Kamp jetzt eigentlich schon fast besser kenne als meinen Opa.

Meinen Opa und meine Oma – die Eltern meines Vaters – sehe ich selten. Sie verbringen das halbe Jahr auf Reisen und sind überhaupt ganz anders als Gregor und Friedl Kamp. Sie bringen mir ein Geschenk mit oder geben mir Geld – und das war's dann. Sonst fällt ihnen zu mir nichts ein. Von Mutters Seite gibt es nur eine Oma. Aber die will nicht Oma genannt werden. Sie hat außerdem einen Beruf, der sie angeblich auffrisst.

Gregor und Friedl Kamp wären, wenn ich es recht bedenke, die Großeltern, die ich mir aussuchen würde.

»Na, was ist, Benni?«, ermuntert mich der Imker. »Trau dich nur! Wo wir zwei doch so gut zusammenarbeiten.«

Ich schlucke. Ob ich ihm sagen soll, dass er tatsächlich einen tollen Opa abgäbe? Aber es geht mir nicht über die Lippen.

»G...Gregor wäre mir lieber«, sage ich und kneife die Augen wegen der Lichtreflexe vom Wagenblech zusammen.

»Gut.« Der Imker nickt zufrieden. »Das probieren wir jetzt gleich aus, Benni. Geh zum Kofferraum und sag: Was soll ich rausnehmen, Gregor? – Mach schon!«

Ich lache erleichtert los. Im Kofferraum liegt eine Menge Zeug. »Was soll ich rausnehmen, Gregor?«, frage ich und füge mit Anlauf hinzu: »Was brauchst du heute alles?«

»Bring die Plastikschüssel mit«, ruft er. »Und den Klapphocker!«

Als ich ihm beides ins Bienenhaus nachgetragen habe, sagt er: »Der Hocker ist für dich. Wenn du mal gar nichts zu tun hast.«

»Danke.« Ich lehne das Klappding an die Wand und schlüpfe in meinen Schutzanzug. Gregor zieht mir wieder die Ärmel über die Handschuhe. Er schlägt mir diesmal nicht vor, die Handschuhe wegzulassen. Anscheinend ist er der Ansicht, dass ich das allein entscheiden soll.

»Was denken Sie … was denkst du – ob meine Königin schon ausgeflogen ist?«, frage ich ihn. Huh, ist das Du noch schwer!

Gregor guckt in die Sonne hinaus und wiegt den Kopf. »Das Wetter wäre danach. Aber sagen kann man's nicht. Vielleicht ist sie erst morgen so weit.«

»Fliegt sie wirklich nur ein einziges Mal?«

»Ja. Sie kriegt bei der Begattung so viel Samen, dass er ihr fürs Leben ausreicht. Du weißt schon, dass sie ganz allein für die Nachkommenschaft des Volkes sorgt?«

»Nein, eigentlich nicht …«

»Dann erfährst du es jetzt. Wenn die Königin begattet ist, fängt sie an, Eier zu legen. Oder wie, glaubst du, soll dein kleines Volk sonst wachsen?«

Ich gucke Gregor ziemlich hohl an. Darüber habe ich mir bisher keine Gedanken gemacht.

»Gib mir den Stuhl, Benni, und setz dich solange auf den Boden, du bist noch jung.«

Ich klappe den Hocker für Gregor auf und lasse mich dann auf dem Bretterboden nieder. Von dort schaue ich erwartungsvoll zu ihm hoch. Es ist irgendwie witzig und spannend und ich muss grinsen.

»Was ist so lustig?«, fragt Gregor und legt den Kopf schief.

»Wie Schüler und Meister«, sage ich.

Gregor lacht. Dann faltet er die Arme über dem blauen Kittel und lehnt sich zurück gegen einen Kasten.

»Weißt du, Benni, ich bin Rentner«, sagt er gemütlich. »Ich hab viel Zeit. Bei meiner Frau ist es ein wenig anders, die hat noch ihren Haushalt und Verpflichtungen mit unseren Kindern. Aber ich kann in Ruhe hier sitzen und alles, was ich in einem langen Leben gesammelt habe, weitergeben. Leider hab ich es nie geschafft, meine Kinder für die Bienen zu interessieren. Das alles wird mit mir aussterben …«

»Oh«, sage ich betroffen.

Gregor nickt schmerzlich und lässt die Augen langsam um den Raum wandern. Dann lächelt er wieder. »Aber Benni, damit wollen wir uns nicht den schönen Nachmittag vermiesen. Manchmal macht es mich halt traurig, das ist alles. Zum Glück für meine Bienen bin ich mit achtundsiebzig Jahren noch gesund und rüstig. Mach dir mal keine Sorgen und schau nicht so! – Also, jetzt frag deinen Meister aus. Was willst du wissen?«

»Erst mal alles über die Königin«, sage ich sofort.

»Das ist gut. Und interessant!« Gregor reibt sich die Hände. Dann mustert er mich abschätzend. »Sag, Benni, wie schwer bist du?«

Verblüfft gebe ich Auskunft. »Ungefähr vierunddreißig Kilo.«

»Dann müsstest du«, meint Gregor mit einem fröhlichen Grinsen, »jeden Tag vierunddreißig Kilo Eier legen, um die Leistung der Bienenkönigin zu erbringen. Was sagst du dazu?«

»Öhh …« Ich und Eier legen, ha, ha! »Vierunddreißig Kilo!«

»Eintausendfünfhundert Eier legt die Königin an ihren besten Tagen«, sagt Gregor. »Das entspricht etwa ihrem Körpergewicht. Sie muss natürlich bei einer so ungeheuren Produktion sehr gut von den Arbeiterinnen gefüttert werden.«

»Eintausendfünfhundert! Um so viele Bienen wird mein Volk dann jeden Tag stärker!« Ich fange im Kopf eine Rechnung an und davon wird mir schwindlig.

»Langsam, Benni«, lacht mein Meister. »Erst mal müssen sie schlüpfen. Und dann verbrauchen sie sich natürlich beim Fliegen auch und sterben.«

»Trotzdem. In einem Monat schon könnte ich ein Riesenvolk haben!«

Gregor schüttelt nachsichtig den Kopf. »Ganz sicher nicht. Es dauert einundzwanzig Tage, bis die ersten jungen Bienen schlüpfen!«

»Aber in der Zwischenzeit hat meine Königin ja schon weitergelegt und weitergelegt und weitergelegt …«

»Da hast du auch wieder Recht«, meint Gregor. »Wenn es mit der Begattung klappt.«

»Warum sollte es nicht klappen?«, frage ich unwillig.

Gregor fährt sich übers Kinn. »Manchmal finden Drohnen und Königin nicht zusammen. Oder das Wetter spielt uns einen Streich.«

»Aber nehmen wir an, es klappt.« Ich arbeite an meiner Rechnung und bin mit dem Ergebnis sehr zufrieden. In Kürze wird mein Volk den kleinen Kasten sprengen! Bei alledem kann einem die Königin auch Leid tun. Den ganzen Tag nur Eier legen!

»Meine Königin«, sage ich zu Gregor, »darf sich zwischendurch auch mal frei nehmen. Einen Ausflug machen oder so.« Ich grinse.

Gregor lacht nachsichtig. »Der Hochzeitsflug ist der einzige Ausflug deiner Königin«, sagt er bedauernd.

»Ich hab's befürchtet ...«

»Es sei denn, sie verlässt den Stock mit einem Schwarm. Aber das können wir verhindern, indem wir dem Volk genügend Raum geben. Dann ziehen die Arbeiterinnen vielleicht keine weiteren Königinnen nach. Solange deine Königin keine Rivalin hat, bleibt sie im Stock und legt Eier, Tag für Tag. Drei Sommer hintereinander, wenn sie eine gute Königin ist.«

»Moment – was heißt nachziehen und wieso tun das die Arbeiterinnen? Ich denke, nur die Königin legt Eier?«

»Das ist schon richtig. Aber die Eier sind nicht alles. Das Futter ist genauso wichtig. Allein vom Futter hängt es ab, was sich aus den weiblichen Larven entwickelt. Aus den männlichen werden auf jeden Fall Drohnen. Und aus den meisten weiblichen werden Arbeiterbienen. Aber einige von ihnen entwickeln sich zu Königinnen. Und das nur, Benni, weil diese Larven von den Arbeiterinnen einen ganz bestimmten Futtersaft bekommen.«

»Irre!«

Gregor ist noch nicht fertig. »Gleichzeitig machen die Baubienen mit und bauen extra große Zellen für die wachsenden Königinnen, die so genannten Wiegen, die du ja gesehen hast.« Jetzt schaut er mich abwartend an.

Ich denke nach. Meine Mutter hat bei mir was versäumt. Mit der richtigen Milch und einem größeren Bett wäre vielleicht ein Prinz aus mir geworden …

»Das ist ja ein Ding!«, sage ich.

»Ja«, nickt Gregor überzeugt. »Aber fürs Erste reicht's jetzt. Dein Meister sollte wieder was tun.«

Damit steht Gregor vom Stuhl auf und langt nach seiner Zweitpfeife. Es ist eine mit Blasebalg, die man von Hand bedient. »Ohne Pfeifenrohr im Mund redet sich's leichter«, meint er.

»Halt! Kann ich sie anzünden?«, frage ich und springe hoch.

»Wenn du willst.«

Eigentlich ist die Pfeife ein kleiner Ofen. Mit einem Rohr, aus dem, wenn man den Blasebalg drückt, Rauch quillt wie aus einem Kamin. Ich mache den Ofen oben auf und schichte das Brennmaterial rein: winzige Sägespäne und Tannennadeln. Deckel zu. Danach öffne ich unten ein Gittertürchen, reiße ein Streichholz an, halte es rein und drücke den Blasebalg. Die Späne fangen Feuer. Die Tannennadeln glimmen. Rauch kommt aus dem Rohr. Dicker, erstickender Qualm. Da würde ich als Biene auch ins Taumeln kommen und meinen Stechapparat wieder wegpacken!

Gregor fängt an, Waben durchzusehen. Ich stehe neben ihm und halte die Bienen mit der Pfeife in Schach. Nach einiger Zeit merke ich, dass der Rauch bald auch mich ins Taumeln bringt – ein bisschen Frischluft wäre nicht schlecht.

»Ich will mal das Flugloch beobachten, vielleicht seh ich meine Königin rauskommen«, sage ich und verschwinde mit dem Klapphocker nach draußen.

»Da wünsch ich dir viel Glück!«, ruft Gregor mir nach.

Ich baue den Hocker zwei Meter entfernt von meinem Flugloch auf und beziehe Stellung.

Jedes Flugloch mündet auf ein Brett und jedes Brett hat eine andere Farbe. Damit die Bienen in ihren Stock finden, das ist mir klar. Meine Start- und Landebahn ist zum Glück die letzte in der Reihe und auf ihr ist wenig Flugbetrieb. Sicher deswegen, weil ich noch so gut wie keine Flugbienen habe. Wenn meine Königin rauskommt, müsste ich sie eigentlich sehen.

Nicht nur wegen meiner Königin habe ich übrigens das Bienenhaus verlassen. Sondern auch wegen Arabella. Sollte Arabella nämlich den tollen Einfall kriegen, hierher zu kommen, so würde sie mich gleich draußen sitzen sehen. Sie müsste sich nicht überlegen, ob sie an die Tür klopfen soll oder nicht. Ich weiß, das ist nur ein Wunschtraum. Aber ganz hirnrissig ist er auch wieder nicht. Immerhin ist Arabella gestern mit mir im Wald gewesen.

War ich wirklich noch heute Mittag sauer auf sie? Jetzt bin ich es komischerweise überhaupt nicht mehr. Es macht Spaß, mir vorzustellen, dass sie plötzlich auftaucht. Von meiner Königin mal ganz abgesehen. Es erhöht jedenfalls meine Chance, dass sich überhaupt jemand blicken lässt, um fünfzig Prozent.

17

Das Bienenhaus wird grell von der Nachmittagssonne beschienen. Sie brennt auch mir auf den Rücken. Aber unter meinem weißen Anzug ist mir das nicht unangenehm. Nur die Augen mache ich manchmal für einen Moment zu – und wieder auf: Nichts Neues auf dem Flugbrett.

Es kommt vor, dass draußen am Weg ein Traktor entlangfährt, ganz selten ein Auto. Aber ich kann nicht gesehen werden, weil zwischen Weg und Bienenhaus Sträucher wachsen. Es ist die Einflugschneise für die Bienen. Sie überfliegen die Sträucher und landen dahinter auf den bunten Brettern direkt vor meinen Augen.

Ich überlege, wo ich jetzt vielleicht lieber wäre. Sicher nicht bei einer Truppe, die wahrscheinlich immer noch glotzäugig vor einem aufgebrochenen Bunker steht und rätselt, wer das getan haben könnte. Wer den Hund befreit hat und möglicherweise eine Anzeige macht.

Nein, zu diesen Idioten möchte ich nicht gehören!

Auf meinem Flugbrett landet eine Biene. Das passiert gelegentlich, dann merkt sie den Irrtum und fliegt wieder weg. Aber diese hier bleibt sitzen.

Ich schaue genauer hin: Sie hat einen überlangen Hinterleib!

»Gregor!«, brülle ich.

Hoffentlich hab ich sie jetzt nicht erschreckt!

Gregors Kopf taucht hinter der Fensterfront auf und ich mache ihm wild Zeichen. Er nickt und geht nach hinten zur Tür.

Bleib sitzen, denke ich aufgeregt. Bleib bloß sitzen, bis er kommt!

Die Königin tut mir den Gefallen. Vielleicht ist sie von ihrer Unternehmung erschöpft und muss sich erst ausruhen. Oder sie will noch nicht in den Kasten zurück. Wo sie doch für immer drin bleiben muss, das arme Ding.

Gregor trabt um die Ecke.

»Sie ist es, sie ist gerade zurückgekommen!«

Gregor beugt sich übers Flugbrett. Kopf an Kopf begucken wir uns meine Königin. Gregor mit bloßem Gesicht und Nacken – der traut sich was!

»Jawohl, Benni, das ist sie.« Er richtet sich auf und seine Augen funkeln. »Junge, da nehme ich mir so viel Zeit für meine Bienen, aber eine Königin, die vom Hochzeitsflug kommt, hab ich noch nie beobachtet! Du hast unverschämtes Glück oder vielleicht bist du der geborene Imker!« Gregor legt mir seine Hand auf die Schulter – und zuckt schmerzlich zusammen. Da hat wohl eine Biene draufgesessen!

Ich sehe, wie er den Stachel vom Handballen wischt,

und grinse teilnahmsvoll. Aber nur kurz. Denn ich will nicht versäumen, wie meine Königin sich verabschiedet. Gemächlich krabbelt Majestät zum Flugloch und verschwindet schließlich im Stock.

»Das war's«, seufze ich. Nie mehr wird sie rauskommen. Aber ich muss ja nur den Kasten öffnen, wenn ich sie sehen will, und sie auf den Waben suchen.

»Jetzt können wir ihr das Plättchen draufmachen!«, schlage ich vor.

»Ja, könnten wir. Aber wir tun's nicht.« Gregor tritt aus der Flugzone heraus.

»Und wieso nicht?«, frage ich enttäuscht.

»Willst du's deiner Königin leicht oder schwer machen?«

»Leicht natürlich!«, sage ich.

»Dann warte, bis sie von ihren eigenen Töchtern gefüttert wird. Das mit dem Plättchen ist für sie ein ziemlicher Stress. Hinterher soll sie wenigstens die liebevollste Pflege haben.«

»Sie wird von ihren eigenen Töchtern gefüttert? Sollte das nicht umgekehrt sein?« Ich falte meinen Stuhl zusammen und gehe mit Gregor ins Bienenhaus zurück.

Er hält mir die Tür auf. »Du denkst an eine Mutter, die ihre Kinder füttert. Aber so ist das hier nicht, Benni. Die Bienengesellschaft hat ihre ganz eigenen Gesetze. Ich mache mir manchmal den Spaß und versuche uns Menschen mit Bienenaugen zu sehen – also genau anders herum. Was glaubst du, was dabei rauskommt!«

»Sicher was Komisches«, vermute ich.

»Das darfst du laut sagen! Aus Bienensicht verhalten wir Menschen uns reichlich merkwürdig. Ach, Benni … Meine Frau lacht mich aus, wenn ich so was daherrede. Ich spinne, meint sie.«

»Finde ich überhaupt nicht!«, sage ich überzeugt. Ob ich ihn jetzt mal was fragen soll? »Äh, Gregor, ich würde meiner Königin gern einen Namen geben …«

»Gib ihr halt einen.« Gregor zuckt die Achseln.

Als ich schon denke, er ist voll zu seiner Arbeit zurückgekehrt, guckt er sich verstohlen zu mir um und zwinkert mir zu. Danach sehe ich wieder seinen Rücken. Ich höre ihn murmeln: »Meine zwölf Königinnen haben alle einen Namen. Aber wehe, wenn du's meiner Frau weitersagst!« Noch ein zweiter kurzer Blick für mich, ein richtiger Kumpelblick, den ich überrascht zurückgebe. Dann fährt Gregor in seiner Beschäftigung fort, als hätte er sie nie unterbrochen.

Ich schüttle den Kopf und grinse vor mich hin. Wenn ich's nicht schon vorher gewusst hätte, dass seine Bienen für ihn was Besonderes sind, wäre es mir spätestens jetzt klar. Natürlich sind sie das. Meine sind es für mich doch auch! Vor allem die Königin.

Ich fange an zu grübeln. Wie nenne ich sie nur? Was passt zu ihr?

In Wirklichkeit weiß ich es schon die ganze Zeit.

Und ich will sowieso keinen anderen Namen, ob der nun schon vergeben ist oder nicht. Ich nenne sie – Arabella.

A-ra-bel-la, das zergeht auf der Zunge. A-ra-bel-la. Jawohl, gefällt mir. Arabella, Majestät.

Die Stimme meines Meisters lässt mich aus meiner Träumerei auffahren.

»Benni, kannst du vielleicht den Pollen einsammeln? Du hast doch Friedl schon dabei zugeschaut.«

Sicher kann ich das. Ich hole die Plastikschüssel. Dann bücke ich mich zur ersten Pollenschublade hinunter. Jeder Kasten steht praktisch auf einer solchen Schublade. Ich gucke abwechselnd den kleinen Sperrriegel und meine dicken Handschuhe an. Kurz entschlossen ziehe ich die Handschuhe aus. So, jetzt kann ich hantieren.

Vorsichtig nehme ich die Schublade heraus und leere ihren Inhalt in die Schüssel. Es sind Hunderte von gelbgrünen Kügelchen.

»Gregor«, frage ich, »wie kommt der Pollen eigentlich in die Schubladen?«

Gregor dreht sich zu mir um. »Hab ich dir das noch nicht gezeigt? Bück dich mal und schau ins leere Fach! Siehst du das Flugloch am anderen Ende? Die Bienen, die mit Nahrung von außen reinkommen und nach oben in den Stock wollen, müssen durch ein Gitter im Kastenboden. Und das streift ihnen die Pollenkugeln von den Hinterbeinen.«

Genial! Ich frage Gregor, wer sich das ausgedacht hat.

»Ein findiger Imker natürlich«, lacht er.

Ich stecke die geleerte Schublade ins Fach zurück und gehe zum nächsten Kasten.

»Und was macht man mit dem Pollen?«, will ich wissen.

»Er wird gereinigt und dem Honig zugesetzt. Das gibt den ganz besonderen Pollenhonig. Ich muss dir mal einen zum Probieren mitbringen.«

»Mmmm!« Während mir schon das Wasser im Mund zusammenläuft, kriege ich Bedenken. »Aber die Bienen sammeln den Pollen doch bestimmt für sich!«

Gregor nickt. »Die Kühe denken auch nicht an den Menschen, wenn sie Milch produzieren, oder?«

»Äh – richtig.«

»Und bei den Bienen und dem Pollen ist es ebenso. Übrigens, Benni, die Gitterfalle wird erst dann eingebaut, wenn die Bienen genug Pollen für den Eigenbedarf gesammelt haben.«

»Ich find's aber trotzdem gemein«, sage ich. Mir tun die Bienen Leid, die schwer beladen wie Frachthubschrauber am Stock ankommen – und dann verlieren sie die Ware an einem dämlichen Gitter!

Gregor schaut mich nachdenklich an. »Der Mensch ist ein Ausbeuter«, bestätigt er mir. Ich sehe, wie er wieder mal alle Arbeit ruhen lässt. »Benni«, sagt er plötzlich ganz aufgebracht, »ein guter Imker bedient sich nicht nur bei den Bienen, sondern sorgt auch für sie. Oder glaubst du, dass es in der freien Natur so starke, gesunde Völker geben würde wie die hier?« Er zeigt auf seine prall gefüllten Kästen.

Das ist ein Argument. Okay, das lasse ich gelten.

Ich grinse Gregor schief an. Er soll sich nur wieder beruhigen. Ich weiß ja, dass er seine Bienen liebt. Wo er doch sogar seine Königinnen heimlich beim Namen nennt.

Arabella, Majestät, denke ich zufrieden, während ich eine weitere Pollenschublade herausziehe.

18

Zwischen Jochen und Arabella ist Feindschaft ausgebrochen. Weil Arabella ihm die kalte Schulter zeigt und sogar schon ihre olivgrüne Montur verscherbelt hat, vermutet er, dass sie was mit dem aufgebrochenen Bunker zu tun hat. Arabella verzieht bei seinen Anschuldigungen nur verächtlich die Mundwinkel. Klar, Jochen würde furchtbar gerne ein deutliches Ja hören, dann bräuchte er sich keine Sorgen zu machen, dass irgendwelche Erwachsene den Bunker entdeckt haben.

Aber den Gefallen tut ihm Arabella nicht.

Den Dackel erwähnt Jochen mit keinem Wort. Kann sein, dass er sich deswegen doch schämt. Vielleicht hat er zu Hause selber einen Hund, wo sein Vater doch Jäger ist, und er kommt nicht um die Vorstellung herum, wie es wäre, wenn man seinen eigenen Hund stundenlang in ein Loch sperren würde.

Einen Zusammenhang zwischen mir und dem aufgebrochenen Bunker sieht Jochen anscheinend nicht. Sonst würde er nicht plötzlich so freundschaftlich mit mir reden. Aus heiterem Himmel hat er mir erzählt, dass er jetzt keine Mädchen mehr in die Truppe aufnehmen will. Mädchen seien unberechenbar und besäßen keinen Truppengeist. Danach wollte er von mir wissen, ob ich nicht endlich das Geld für die Montur zusammengespart hätte.

Wir standen dabei auf dem Pausenhof. Wenn Arabella in der Nähe gewesen wäre, hätte ich Jochen laut und vernehmlich gesagt, dass mich seine Truppe mal kann. Weil sie aber nicht zu sehen war, brummte ich nur: »Ich hab keine müde Mark.« Was natürlich gelogen und außerdem feige war. Aber ich hatte einfach keine Lust, mich mit ihm anzulegen.

Heute ist Dorffest in Lützelheim. Ein Junimorgen der prächtigsten Sorte. Ich gehe mit meinen Eltern die Hauptstraße entlang. Die Häuser sind mit Fahnen geschmückt. Aus den Höfen kommen Leute in Festtagskleidung. Meine Eltern haben sich auch herausgeputzt, aber bei mir waren sie mit den neuen Jeans zufrieden. Was Feierliches habe ich sowieso nicht.

Alles marschiert zum Dorfplatz, wo sich ein Festzug mit dem Pfarrer und den Ministranten an der Spitze formiert. Auch wir schließen uns an.

Mein Vater schwelgt in Erinnerungen. »Genau wie damals, als ich klein war«, seufzt er von Zeit zu Zeit.

Meine Mutter tauscht Blicke mit mir und grinst gutmütig. Für sie und mich ist das alles sehr neu. Ich finde es ja ziemlich verrückt, hinter einem Festzug her zum Sportplatz zu laufen, wo unter freiem Himmel ein Gottesdienst stattfinden soll.

Bisher kannte ich aus dem Dorf nur die Busschüler.

Und ein paar Erwachsene vom Sehen. Aber heute ist ganz Lützelheim auf einmal versammelt. Reichlich gewöhnungsbedürftig.

Mein Vater ermuntert mich, mit den Jungen zu gehen.

Aber ich brumme: »Ich bleib lieber bei euch.«

Die Jungen sehen grässlich aus. Jochen ist kaum zu erkennen. Er trägt keine Schulklamotten und keinen Kampfoverall, sondern einen *Anzug*. Und noch dazu einen Trachtenanzug! Zuerst geht er brav neben seinem Vater her, dann setzt er sich plötzlich ab und ist mitten unter den Jungen.

Wo ist eigentlich Arabella? Mein Spürauge entdeckt sie unter den Mädchen. O Mann – sie trägt ein Kleid! Ein dunkelrotes. Sie sieht einfach toll aus. Überhaupt ist Arabella garantiert das schö…

Nein, jetzt reiß dich zusammen, beschwöre ich mich, bevor jemand deine Stielaugen sieht!

Auf dem Sportplatz gibt es Bänke für einen Teil der Leute. Der Rest muss stehen. Meine Eltern und ich kriegen keinen Sitzplatz mehr. Deshalb gehe ich nun doch lieber zu den Jungen rüber, die im Gras auf der Böschung hocken.

Einige Mädchen, darunter auch Arabella, lehnen an der Spielfeldbegrenzung. Ich kann Arabella während der ganzen Messe von hinten anschauen und mir dabei überlegen, wie ich es anstelle, dass sie sich wieder mit mir bei der Baumfestung trifft. Die Zeit vergeht, die

Blasmusik spielt Kirchenlieder. Aber mir fällt leider nichts ein.

Nach dem Gottesdienst werden Biertische aufgestellt. Meine Eltern schließen sich anderen Leuten aus der Siedlung an, holen sich Würstchen und Kartoffelsalat und richten sich anscheinend für den ganzen Tag hier ein. Für Kinder sind Vergnügungsstationen aufgebaut und die Blasmusik spielt noch immer, Märsche und so Zeug.

Im Laufe des Nachmittags verschwinden die Anzüge bei den Jungen und plötzlich ist ein Fußball da. Ich lasse mich von Jochen in seine Mannschaft wählen und gebe mein Bestes, in der Hoffnung, dass Arabella zuschaut. Sie ist mit den anderen Mädchen mal hier, mal dort, und es könnte ja sein, dass sie manchmal die Augen auf dem Spielfeld hat.

Wenn ich mich bei meinen Eltern am Tisch blicken lasse, um was zu trinken, erzählen sie mir jedes Mal, wie sehr sie sich freuen, weil mir angeblich der Anschluss an die Dorfjugend so schnell geglückt ist. Diesen Eindruck haben sie also von mir. Na, mir soll's recht sein. Aber Ahnung haben sie keine. Man kann sich beim Fußballspielen die Beine wund laufen und die Kehle heiser brüllen – und ist doch mitten in der Mannschaft ganz allein und woanders. Zum Beispiel bei jemand im roten Kleid.

Irgendwann merke ich, dass Arabella weg ist. Daraufhin beobachte ich lange Zeit den Eingang zum

Sportheim, wo die Toiletten sind. Aber sie kommt nicht heraus. Sie ist auch nicht bei den Spielstationen. Sie kauft sich kein Eis und kein Getränk. Ich muss es schließlich doch glauben: Arabella ist heimgegangen. Da verlässt mich die Lust am Fußball auf einen Schlag.

»Mir reicht's«, gebe ich in der Mannschaft bekannt und verziehe mich zu meinen Eltern. Ich stütze mein verschwitztes Gesicht in die Hände und nerve die beiden mit meiner schlechten Laune.

»Dir hat's doch auch gefallen, Benni?«, will mein Vater am Abend von mir wissen, als wir noch ein bisschen auf der Terrasse sitzen.

»Schon.« Ich zucke mit den Schultern. Als sie mich fragend ansehen, füge ich mürrisch hinzu: »Ich wäre besser ins Bienenhaus gegangen. Gregor war sicher dort. Es hätte mich interessiert, wie groß das Brutnest meiner Königin inzwischen ist.«

Majestät hat nämlich in der Mitte einer Wabe angefangen, Eier zu legen. Rings am Holzrahmen entlang bauen die Arbeiterinnen einen Futterkranz aus Honig und Pollen, damit die Ammen kurze Wege zum Futter haben. Ein Teil der Bienen ist also bereits im Außendienst. Mein Volk funktioniert!

»Das Brutnest deiner Königin … ach, Benni.« Mein Vater lacht nachsichtig. Dann reckt er die Nase in die Luft und atmet tief ein. »Was für ein Traumwetter!«

»Regen wäre mir lieber«, sage ich.

»Benni!«, rufen meine Eltern wie aus einem Munde.

»Wir brauchen jetzt endlich zwei Tage schlechtes Wetter«, kläre ich sie auf, »damit der Honig in den Waben reift und wir schleudern können.«

Meine Mutter schüttelt den Kopf und lacht. »Ich versteh dich nicht. Mal jammerst du nach gutem Wetter, mal brauchst du schlechtes … Weißt du eigentlich, was du willst?«

»Ich will gar nichts«, sage ich. »Der Honig braucht's!«

»Hoffentlich bringt dein Volk dann auch genug davon«, sagt meine Mutter und macht lüsterne Augen.

Ich schaue sie mitleidig an. »Mama, du hast noch gar nichts begriffen, oder? Mein Volk ist doch erst im Aufbau, und das Futter, das meine paar Flugbienen bringen, ist für die Brut!«

»Ach so?« Meine Mutter ist sichtlich enttäuscht.

»Frühestens Ende August kann ich von meinem eigenen Volk Honig ernten. Wenn es sich gut entwickelt.«

»Und wie viel gibt's dann?«, will mein Vater wissen.

»Vielleicht fünf Pfund, denkt Gregor.«

»Fünf Pfund – das ist doch was!«, sagt meine Mutter voller Respekt.

»Dein Gregor, dein Gregor«, lacht mein Vater. »Wie nennst du eigentlich die Imkerin, Benni?«

Hüstelnd blicke ich auf den Boden, obwohl da nichts weiter zu sehen ist. »Ich soll Oma Friedl zu ihr sagen.«

Tja, das wollte sie kürzlich im Bienenhaus so haben. Und zwar, als sie mitgekriegt hat, dass ich mich mit ihrem Mann duze. Zuerst musste ich lachen, aber dann ging's eigentlich ganz gut. Woraufhin sie mich wieder mal an ihren Busen gedrückt hat. Das sollte sie sich lieber abgewöhnen.

»Und? Tust du's?«, fragt meine Mutter neugierig.

»Warum nicht«, sage ich locker.

Meine Mutter grinst. »Wer hätte gedacht, dass du dir in Lützelheim gleich Großeltern angelst!«

»In Ruppertstal«, korrigiere ich.

»Warst du eigentlich schon mal dort?«, will sie wissen.

»Bei ihnen zu Hause? Nein, wozu?« Ich winke ab.

»Wir könnten die beiden mal zum Kaffee einladen«, schlägt mein Vater vor.

Darüber packt mich der Schreck. »Macht das ja nicht!«

Eine dumme Einladung unter Erwachsenen – bloß nicht so was! Wo sie Höflichkeiten austauschen. Wo sie dauernd über mich reden, auf diese gönnerhafte Art, die ich nicht ausstehen kann … Nein, nein. Nicht mit Gregor und Oma Friedl. Die sollen schön da bleiben, wo sie hingehören. Im Wald bei den Bienen, wo wir wie echte Kumpel zusammenarbeiten, unbehelligt von Leuten, die nichts davon verstehen.

»So? Und warum nicht?«, fragt meine Mutter aggressiv. »Ich hab nämlich auch schon daran gedacht. Wo dich diese nette Frau doch dauernd mit Mittagessen versorgt!«

Meine Redesucht, natürlich. Hätte ich meinen Eltern nur nichts davon gesagt!

»Dafür helfe ich ihnen ja bei der Arbeit«, erkläre ich. »Eine Hand wäscht die andere.«

»Aber eine kleine Kaffeeeinladung …«, meint mein Vater.

»Nein, bitte nicht!«, flehe ich. »Ich weiß doch, wie solche Einladungen mit Opa und Oma ablaufen. Wo ich immer wie auf Kohlen sitze, bis ich endlich abhauen darf. Ätzend!« Ich übersehe die empörten Blicke meiner Eltern und rede schnell weiter: »Die Kamps sind alte Leute. Die passen überhaupt nicht zu euch.«

»Ach? Zu dir passen sie aber?«, amüsiert sich mein Vater.

»Irgendwie schon«, murmle ich. Und es stimmt. Wenn ich auch nicht sagen kann, warum es so ist. Wir haben einfach ein irre gutes Verhältnis.

Es ist mir auch recht, dass sich die Kinder und Enkel von den beiden nie im Wald blicken lassen. Die mag ich nicht sehen. Deswegen will ich auch nicht nach Ruppertstal, wo ich ihnen begegnen könnte. Meinetwegen dürften Gregor und Oma Friedl nur mich haben und keinen sonst.

Mein Vater grinst mich an. »Wenn du es dir anders überlegst, Benni, lass es uns wissen.«

»Aye, aye, Sir«, sage ich.

19

Arabella – und diesmal rede ich von meiner Königin – legt leider nicht eintausendfünfhundert Eier täglich, wie ich mir das vorgestellt hatte, sondern immer nur gerade so viele, wie ihre wenigen Bienen mit ihren Körpern warm halten können. Sie hat anscheinend ihre eigene Art zu rechnen und ich mache ihr keinen Vorwurf daraus – sie wird's schon wissen. Nach drei Tagen schlüpfen aus den Eiern Larven und die müssen von den Ammenbienen ununterbrochen gefüttert werden. Die Baubienen bauen gleichzeitig wie verrückt, die Flugbienen schleppen Nektar und Pollen heran. Alles läuft, wie's nur in guten Bienenjahren laufen kann, behauptet Gregor. Und der ist der Fachmann.

Er ist ständig dahinter her, dass die Bienen genügend Waben haben und dass kein Schwarm abhaut. Nur über das langweilige Futter beklagt er sich. Es gibt dieses Jahr wieder mal hauptsächlich Raps, und zwar Riesenfelder davon.

Oma Friedl ist heute auch mit im Bienenhaus. Sie sammelt den Pollen ein. Das kommt bei ihr in der Rangfolge gleich nach dem Schleudern, was angeblich ihre Lieblingsbeschäftigung ist.

Ich bin mit einem Eimer, einem Handfeger und einer Schaufel unterwegs zu einem Stangenwald in der Nähe.

Dort wachsen nur Fichten, eine dünne Stange neben der anderen mit einem grünen Wipfel oben und Unmengen von Nadeln auf dem Boden. Es sind die Nadeln, die Gregor in der Blasebalgpfeife qualmt.

Nach etwa fünf Minuten habe ich das Waldstück erreicht. Ich fege Nadeln auf die Schaufel und lese Zweige heraus, dann kippe ich die Nadeln in den Eimer. Es ist eine rasche Arbeit und deshalb habe ich mir nicht die Mühe gemacht, den weißen Schutzanzug auszuziehen. Ich bin inzwischen daran gewöhnt, alles durch ein schwarzes Gitter zu sehen. Aber ohne den Anzug wäre ich natürlich beweglicher.

Ich knie am Boden und schippe gemütlich den Eimer voll. Auf einmal höre ich ein Geräusch. Ist vielleicht sonst noch jemand im Wald? Langsam gucke ich mich um. Und dann springe ich auf.

Im Halbkreis nähern sich zwischen den Bäumen olivgrüne Gestalten.

Ich suche einen Fluchtweg. Aber für Flucht ist es zu spät. Ich bin schon so gut wie umzingelt. Vor allem ist mir der Rückweg zum Bienenhaus abgeschnitten. Deshalb erstarre ich zum Roboter, in einer Hand die Schaufel, in der anderen den Feger. Der Eimer steht neben mir. Ich sehe mich mit ihren Augen: eindeutig das merkwürdigste Wesen, das sie je im Wald angetroffen haben. Wenn ich Glück habe, kriegen sie Angst.

Aber nein, einhundertzweiundvierzig Zentimeter

Körpergröße können sie wohl nicht einschüchtern. Denn ich höre Jochen genüsslich sagen: »Ist hier irgendwo ein Raumschiff gelandet? Vorsicht, das Wesen ist bewaffnet! Deckung!«

Das Wesen! Verdammt, die wissen genau, dass sie's mit keinem Erwachsenen zu tun haben, sonst würden sie abhauen. Zwischen mir und einem Dackel scheint kein großer Unterschied zu sein. Gebückt schleichen sie näher und kreisen mich immer enger ein.

»Ich will ihn lebend!«, ruft Jochen.

Jetzt hab ich genug. Ich greife mir den Eimer und lege die Schaufel und den Feger hinein. »Hör auf mit dem Scheiß, Jochen«, sage ich.

Für einen Moment vergisst er sein dummes Spiel. »Du, Benni?«, sagt er verblüfft. Aber das dauert nur ein, zwei Sekunden. Dann brüllt er schon: »Alle Mann auf ihn!«

Ich zucke zusammen. Keine Angst zeigen, sage ich mir, kaltblütig sein, einfach nicht mitspielen. Außerdem, sage ich mir, hast du die Typen beim Dorffest doch kennen gelernt, sie sind harmlos. Ich versuche also, zwischen zweien von ihnen mit meinen Sachen durchzumarschieren.

Aber da packen sie zu. Und zwar so grob, dass mir der Eimer runterfällt. Er knallt zur Hälfte auf einen Schnürstiefel und zur Hälfte auf meinen Fuß. Mir tut's weh, dem Schnürstiefelbesitzer nicht. Das macht mich zornig.

»Lasst mich los, ihr Idioten!«, fauche ich.

Jetzt steht Jochen vor mir. Wie die meisten Leute meines Alters überragt auch er mich um einiges. Das hindert ihn allerdings nicht daran, mir durchs Gitter ins Gesicht zu glotzen.

Ich grinse, obwohl ich ihn lieber anspucken würde. Vielleicht befiehlt er dann endlich seinen doofen Typen, mich loszulassen.

»Kannst du die nicht mal zurückpfeifen?«, schlage ich vor.

Aber Jochen wäre nicht der Anführer der verfluchten Sailer-Truppe, wenn er eine solche Gelegenheit sausen lassen würde. Er hebt die Faust. »Leute! Hier haben wir einen Verräter. Einen, der zu den Außerirdischen übergelaufen ist!«

O du grüne Kacke. Das Spiel geht weiter! Ich knirsche mit den Zähnen, aber gegen die Stahlklammern um meine Oberarme bin ich machtlos. Wenn die Typen jetzt vorhaben, mich zu ihrem Bunker zu schleppen – im Bus hab ich sie von einem neuen reden hören ... Ich beschließe blitzschnell, doch mitzuspielen. Vielleicht hilft mir das zu entkommen.

»Frozuweki namikosi«, sage ich oder so ähnlich.

»Hä?« Sie verstehen nur Bahnhof.

»Bleitakama fidoratta«, schnattere ich und zeige scheinbar aufgeregt mit dem Kopf in eine bestimmte Richtung.

Jochen überlegt einen Moment, dann sagt er schlau:

»Der Verräter spricht schon die Sprache der Außerirdischen. Ich glaube, er will uns ablenken. – Was ist dort, Verräter, wo du hinzeigst? Euer geheimes Lager?«

Ich schüttle übertrieben den Kopf. »Hamitami aratata!«

»Er will uns hinbringen«, vermutet Sascha.

»Nein, in einen Hinterhalt locken«, zischt Dominik.

Alle schauen von mir zu Jochen. Das zwingt ihn zu einer Entscheidung. »Leute«, sagt er, »der Verräter schleust uns jetzt ins geheime Lager der Außerirdischen, ob er will oder nicht. Marsch, ab!« Damit zeigt er in die Richtung, in die ich gewiesen habe.

Es ist zufällig die zum Bienenhaus. Wie dumm! Ich habe überhaupt keine Lust, vor Gregor und Oma Friedl als Gefangener zu erscheinen und mit diesen Kriegsgestalten um mich herum.

Ich stolpere hinter Jochen her und zerbreche mir den Kopf nach einem Ausweg, aber mir fällt nichts ein. Mit jedem Schritt kommen wir dem Bienenhaus näher. Bastian und David halten noch immer meine Arme umklammert, Sascha trägt den Eimer. Alle schleichen sie schweigend und vorsichtig, als wären sie ein Spähtrupp in feindlichem Gebiet.

Als ich das Bienenhaus zwischen den Bäumen auftauchen sehe, ergebe ich mich in mein Schicksal. Wenn die Idioten es jetzt zu bunt treiben, kann ich immerhin brüllen und Gregor hört mich.

Jochen flüstert hämisch nach hinten zu mir: »Ihr habt also euer geheimes Lager als Bienenhaus getarnt – genial. Aber nicht genial genug für die Sailer-Truppe!«

Schön, wenn er das Bienenhaus bereits kennt, kann er ja endlich mit der Spinnerei aufhören.

Von hier ist Gregors Auto noch nicht zu sehen, das auf der gegenüberliegenden Seite vom Bienenhaus parkt. Durch die Bäume hindurch haben wir Sicht auf den fensterlosen Westgiebel und auf die geschlossene Eingangstür im Norden.

»Was machst du da drin, Verräter?«, will Jochen von mir wissen.

Ich spare mir die Antwort.

»Vielleicht sind seine Leute da«, warnt Dominik.

»Schleichen wir erst mal drum herum«, beschließt Jochen.

Ich frage mich, ob er vielleicht nicht weiß, was an der Südseite vom Bienenhaus geboten ist. Ob er möglicherweise bisher nur im Winter hier gewesen ist?

Als er an der Hausecke zurückprallt, lockern meine zwei Bewacher unwillkürlich ihren Griff. Das gibt mir Gelegenheit, mich blitzschnell loszureißen. Mit einem Sprung bin ich an Jochen vorbei, mit einem zweiten tauche ich schon in die Flugzone ein, mit einem letzten bin ich mitten drin. Die Bienen umtosen mich. Ich ziehe mir die Ärmel über die nackten Hände. Jetzt bin ich sicher.

»Verräter!«, brüllt Jochen. Er weicht ein paar Schritte zurück und seine Truppe mit ihm. Ich sehe sie hilflos da draußen stehen.

»Verräter, Verräter!«, schreien sie jetzt alle durcheinander.

Als ich mich nicht bewege, schlägt Jochen einen neuen Ton an. »He, komm wieder raus, Benni!«

Nanu, er erinnert sich an meinen Namen? Womit hab ich denn das verdient? Ich grinse ohne Freude.

»Sei kein Frosch, Benni, komm raus!«, wiederholt Jochen gereizt.

»Ach, und wozu?«

»Wenn du nicht feige bist ...« Dann dreht er den Kopf, die anderen auch. Sie sehen etwas, das ich nicht sehen kann.

»Was treibt ihr Burschen hier?«, höre ich Gregors Stimme hinter der Ecke vom Bienenhaus.

Mist! Genau das wollte ich eigentlich vermeiden. Ich hatte gehofft, Gregor und Oma Friedl würden nachsichtig von innen zugucken, bis die Kerle wieder abziehen. Aber jetzt ist Gregor doch herausgekommen. Ich verlasse meine Schutzzone und geselle mich langsam zu ihm.

Jochen antwortet gerade: »Wir haben uns nur mit Benni unterhalten.«

»So? Das hat sich aber anders angehört! Wer seid ihr eigentlich?« Gregors Stimme klingt ziemlich verärgert.

Die Jungen grinsen blöd. Keiner antwortet.

»Du da – der mit dem Stahlhelm –, bist du nicht ein Sailer aus Lützelheim? Das Gesicht kenn ich doch!«, sagt Gregor scharf.

Jochen nickt mürrisch.

»Dein Vater ist Jäger. Weiß der eigentlich, wie du dich aufführst?«

»Wieso, wie führe ich mich denn auf?«, fragt Jochen patzig zurück.

»Du brüllst hier rum! Und was machst du denn mit einem Stahlhelm – sei froh, dass wir keinen Krieg haben!«

Ich würde Gregor gerne auf den Fuß treten, damit er aufhört. Es führt doch zu nichts und ist nur peinlich. Aber wenn ich zu nah an ihn rangehe, sieht es aus, als würde ich bei ihm unterkriechen wollen. Unauffällig schiebe ich mich weiter weg, als ginge mich das alles gar nichts an.

Gregor sagt inzwischen: »Dein Vater ist in Ordnung, Junge. Mit dem hatte ich schon manchen Plausch. Wenn der wüsste, wo du dich rumtreibst!«

Jochen schaut ihn finster an. »Mein Vater weiß, dass ich im Wald bin. Jeder darf in den Wald!«

»Aber nicht, um arbeitende Leute zu belästigen!«

»Wir haben Sie nicht belästigt«, gibt Jochen zurück.

»Und was ist mit Benni? Habt ihr den auch in Frieden gelassen?«

Oje, kann Gregor denn nicht endlich aufhören?

»Die haben mir nichts getan«, würge ich hervor.

»Hier ist dein Eimer«, sagt Sascha und streckt ihn mir hin. Leider ist nichts mehr drin.

»Okay. Ich muss noch mal Nadeln holen«, sage ich und mache mich mit dem Eimer davon.

Soll Gregor die Truppe alleine abfertigen. Falls es noch peinlicher wird, will ich wenigstens nicht dabei sein. Zwar sagt mir mein Selbsterhaltungstrieb, dass es besser wäre, jetzt beim Bienenhaus zu bleiben. Aber gleichzeitig habe ich eine Stinkwut. Ich lasse mir doch nicht verbieten, im Wald ein paar Nadeln aufzusammeln!

Diesmal knie ich mich so hin, dass ich sie ganz sicher kommen sehen kann. Ich beeile mich, meinen Eimer voll zu kriegen.

Eben bin ich fertig, da höre ich sie. Sie rennen im Haufen heran und bleiben ein paar Schritte von mir entfernt stehen. Dann reden sie miteinander. Mit mir reden sie nicht. Sie schauen nur her und zeigen mit den Fingern auf mich. Sie fragen einander, was ich da eigentlich mache. Ob ich vielleicht den Waldboden poliere, ob ich nicht mehr richtig ticke und so weiter. Sie lachen sich halb tot.

In mir kocht es. Gleichzeitig ist mir klar, dass sie wirklich nicht wissen können, was ich da tue. Ich setze mich mit dem Eimer in Marsch und sage durch die Zähne: »Jochen Sailer, du kannst deiner Truppe erklären, dass die Nadeln in der Imkerpfeife verbrannt werden. Das war's. Weitere Infos nur nach schriftlichem Antrag. Und jetzt lasst mich durch.« Ich finde, das ist ein guter Abgang. Auch wenn mir das Herz unter dem Anzug klopft. Aber das sieht ja keiner.

Sie feixen noch ein wenig herum, laufen ein Stück neben mir her und schlagen sich dann plötzlich auf einen Pfiff hin in die Büsche.

Den Pfiff kenne ich, er ist Jochens Signal. Es gab mal eine Zeit – wahrscheinlich war's eine Zeit geistiger Umnachtung –, in der ich scharf darauf war, diesem Signal folgen zu dürfen.

Irren ist menschlich, denke ich und marschiere mit meinen Nadeln im Eimer und mit meiner Wut im Bauch zum Bienenhaus zurück.

20

Wenn ich noch gestern gedacht habe, dass mich Jochen Sailer jetzt in Ruhe lässt, so werde ich heute Morgen eines anderen belehrt. Als ich nämlich am Bushäuschen eintreffe, begrüßt er mich.

Ich habe es übrigens aufgegeben, der Erste an der Bushaltestelle zu sein. Denn Arabella gehört immer zu den Letzten – das eine Mal war wirklich eine Ausnahme gewesen. Oder sie erscheint gar nicht. In diesem Fall steigt sie zwanzig Minuten später vor der Schule aus einem anderen Bus aus, zusammen mit Marion. Woraus ich messerscharf schließe, dass Arabella bei ihrer Freundin übernachtet hat.

Wir lächeln uns manchmal an, wenn sich unsere Blicke zufällig kreuzen. Wie das bei mir aussieht, weiß ich nicht. Aber in ihrem Lächeln lese ich ungefähr dieses: Ach, den Benni gibt's ja auch noch. War das nicht der mickrige Kerl, der sich für Bienen interessiert und der überhaupt ein schwaches Herz für Tiere hat, für Hunde vor allem, wenn ich mich nicht irre?

Heute ist Arabella vor mir da, wie ich mit einem blitzschnellen Rundblick abchecke. Neben ihr steht Marion. Also hat Marion diesmal bei Arabella übernachtet.

Mir gefriert das Lächeln, das ich schon losschicken

will. Denn in dem Moment begrüßt mich Jochen Sailer: »Hallo, Bienenheini. Wie geht's deinen süßen Bienchen?«

»Welchen Bienchen?«, fragt jemand. Ein paar Leute kichern. Arabella schaut verdutzt auf.

Mir steigt zuerst eine Kältewelle und dann eine Hitzewelle in den Kopf. Ich schleudere einen bösen Blick auf Jochen – das ist alles, was ich an Munition habe. Dann drehe ich ihm den Rücken zu. Zum Glück kommt schon der Bus und erlöst mich. Ich könnte den Typ erwürgen!

In der Schule glaube ich mich sicher. Wenigstens während des Unterrichts. Aber in der Pause fällt mir auf, dass mich ein paar Jungen so komisch mustern.

Wir sind im Hof und bei mir steht Manuel, mein Tischnachbar. Manuel redet nur von der Schule, was anderes kennt er anscheinend nicht. Vor jeder Stunde macht er sich in die Hosen, weil er vielleicht irgendeine Winzigkeit zu lernen vergessen hat. Wir sind nur deswegen Tischnachbarn, weil im Februar, als ich neu in die Klasse kam, der einzige freie Platz neben Manuel war. Mittlerweile ist mir auch klar, warum. Neben so einem ängstlichen Streber hält es niemand lange aus.

»Aber beim Zwischenergebnis war zur Kontrolle doch die Quersumme genannt und auf die bin ich eben nicht gekommen«, jammert er gerade.

Da rempelt mich jemand kumpelhaft an. Tobbi ist es. »He, Benni, du sollst angeblich mit Besen und Schaufel in den Wald gehen und den Boden sauber fegen, stimmt das?« Er schaut mir grinsend ins Gesicht. Stefan neben ihm genauso.

Ich denke, ich hör nicht recht. Verdammt, macht jetzt ein solcher Schwachsinn die Runde? Was soll ich bloß tun, die Achseln zucken und mir einen Witz ausdenken? Am liebsten würde ich im Boden versinken.

Mir kommt ein fürchterlicher Zorn hoch. Auf den, der hinter dem ganzen Mist steckt.

»Was?« Manuel der Streber guckt irritiert zwischen Tobbi, Stefan und mir hin und her.

»Besen und Schaufel stimmt«, sage ich mit unterdrückter Wut. »Interessiert euch der Rest auch noch?« Ihr Feixen schafft mich. Deshalb rede ich einfach wirr drauflos. Von Leuten, die im Wald arbeiten, und von solchen, die nur blöd rumrennen. Von Bienen, die man mit Qualm besänftigt, und von Fichtennadeln, die man in der Imkerpfeife raucht.

»Ach so? Dann hat Jochen das mit den Bienen gar nicht erfunden!«, ruft Stefan.

Ich nicke so hochmütig, wie ich nur kann. Hoffentlich hab ich jetzt keinen furchtbaren Fehler begangen. Wenn sie mich ab heute alle »Bienenheini« rufen! Aber Tobbi und Stefan sind schon fertig mit mir und rennen davon.

Ich atme ein wenig auf. Manuel findet ohne Überleitung zu seiner Quersumme zurück. Ich höre seinem Gejammer abwesend zu. Dabei ist mir zum Heulen zumute. Und es stinkt mir, dass ich mir die Mühe gemacht habe, mit Jochen vernünftig zu reden. Es ist zwar kaum mehr als ein Satz gewesen, aber schon das war zu viel. Dieser blöde Typ verdreht alles und stellt mich hin wie den letzten Trottel!

Während Manuel weiter und weiter labert, überlege ich fieberhaft. Bisher hab ich noch nie zu denen gehört, über die man lästert. Kann ich die Sache mit den Bienen nicht irgendwie so drehen, dass sie auch für Nichteingeweihte spannend ist? Ich sollte vielleicht noch etwas mehr Begeisterung drauflegen … Das wäre doch die Methode, um ihnen den Wind aus den Segeln zu nehmen!

Muss das gleich mal an Manuel probieren. Rücksichtslos unterbreche ich sein Quersummengewimmer: »Manuel, ich besitze ein Bienenvolk. Das ist irre interessant, kann ich dir sagen!«

»So? Ach …« Manuel schaut ziemlich skeptisch drein.

»Hast du gewusst, dass in einem Volk von sechzigtausend Bienen nur ein einziges Weibchen fortpflanzungsfähig ist – die Königin?«

»Nein. Ich …«

»Und dass sie genau weiß, wie viele Ammen ihr für die Brutpflege zur Verfügung stehen? Sie legt kein einziges Ei zu viel, kann es aber auf tausendfünfhundert pro Tag bringen! Das ist so viel wie ihr Körpergewicht. Übrigens, Manuel, wie viel wiegst du?«

Die Frage schockiert Manuel. Nicht nur, weil sie ihn unerwartet trifft, sondern auch, weil er ein ziemlicher Fettsack ist. »Äh, ich …«

Ich bin so gemein und komme seiner Antwort zuvor: »Wenn du eine Bienenkönigin wärst, müsstest du jeden Tag hundert Kilo Eier legen!«

»Also, Benni!«

Er tut mir überhaupt nicht Leid. An irgendeinem muss ich mich abreagieren und Manuel hat es schon lange verdient. Er wiegt zwar sicher keine hundert Kilo. Aber seit Anfang an nervt er mich schon mit seinem ängstlichen Gesabber. Jetzt ist er allerdings beleidigt. Er lässt mich stehen und wackelt ins Haus.

Schon spüre ich Reue in mir aufkommen, als hinter mir jemand fragt: »He, Benni, stimmt es, dass du nachmittags den Wald sauber leckst?«

Ich fahre herum. Jochen hat zwei andere Typen losgeschickt, Markus und Haydar. Und Haydar hat gefragt.

Ich sehe rot. »Ihr stink…«, lege ich los und breche mitten im Wort ab. Das ist doch genau die Reaktion, die Jochen sich von mir wünscht! Der steht garantiert hinter einer Ecke und lauert nur darauf, dass ich ausflippe!

Ich schlucke den Rest mit Anstrengung hinunter und denke krampfhaft an meine Methode. Ich erkläre Markus und Haydar die Sache mit den Fichtennadeln. Die Blasebalgpfeife schildere ich wie ein Wunderding, wogegen eine Indianerfriedenspfeife ein Dreck ist. Mir gelingt sogar ein dürres Grinsen.

Als ich mit der Pfeife fertig bin, packt mich der Rappel. Ich lüge Markus und Haydar vor, dass mich inzwischen schon neunzig wütende Bienen gestochen hätten. Dass aber kürzlich jemand an nur drei Bienenstichen krepiert sei. Nur sehr wenige Menschen würden das Bienengift vertragen. Bei denen habe es dann allerdings eine positive Wirkung auf das Großhirn.

Markus und Haydar sind von meiner Story sehr beeindruckt. Am meisten wahrscheinlich vom erlogenen Teil. Ich hoffe, Jochen Sailer fallen die Glotzaugen aus dem Kopf! Die zwei bleiben nämlich bei mir, als es bereits geläutet hat. Sie wollen noch alles Mögliche wissen und ich gebe gerne Auskunft. Zum Beispiel haben Markus und Haydar natürlich nicht gewusst, dass es dem Drohn bei der Begattung den Penis ausreißt.

»Pfui Teufel«, sagt Markus. Er schüttelt sich.

Haydar schaut mich von der Seite an und meint zweifelnd: »Du erzählst uns doch keine Lügengeschichten, Benni, oder?«

»Ich schwöre, dass es acht Drohnen hintereinander den …«

»Hör auf!«, schreit Markus. »Wir glauben's dir ja schon!«

Als ich mich drinnen auf meinen Platz schiebe, dreht mir Manuel der Streber den Rücken zu. Ich sehe den unschönen Fettwulst in seinem Nacken. Jetzt tut er mir doch Leid. Sachte stoße ich ihn an.

»Du, Manuel«, flüstere ich, »bei mir ist die Quersumme auch nicht rausgekommen. Ich glaube, das war eine falsche Angabe. In dem blöden Buch sind tausend Druckfehler.«

Es dauert ein wenig bei Manuel. Er kann ja nicht gleich wieder gut sein, das ist klar. Ich erzähle ihm, dass ich den Mathelehrer auf dem Flur höre. Da fährt er herum. Er schaut mich noch immer nicht richtig an. Allerdings sagt er bei der Aufgabenkontrolle, dass er seine Quersumme mit meiner verglichen habe. Damit ist alles wieder in Butter. Ich würde mich ja bei Manuel für die hundert Kilo entschuldigen. Aber die kriegt er noch, wenn er so weiterfrisst.

Eine Stunde später, in Deutsch, landet auf Manuels Platz ein Miniatur-Rundbrief, der schon seit etwa zehn Minuten unterdrückte Heiterkeit erregt. Manuel guckt den winzigen Fetzen an. Dann äugt er verstohlen zu mir her und schiebt ihn sich in den Ärmel.

»He«, flüstere ich, »weitergeben!«

»Das willst du nicht lesen«, haucht er hinter vorgehaltener Hand.

Ich stutze. Ach, so ist das? Geht's mal wieder um mich? In diesem Fall sollte ich erst recht wissen, was draufsteht. Ich warte einen günstigen Moment ab. Dann bitte ich Manuel, mir den Zettel so unauffällig ins Heft zu legen, dass Jochen oder sonst einer es nicht mitkriegt. Manuel beweist Talent. Am Ende der Stunde gehört die Nachricht wie durch Zauberhand mir.

Sie ist in einer Schrift abgefasst, die ich mittlerweile kenne: *An alle! Habt ihr gewusst, dass Bienen-Benni 500 Bienenstiche verträgt? Davon ist sein Großhirn so angeschwollen! Dr. J. Sailer*

Kann nicht behaupten, dass ich glücklich darüber bin. Vor allem, weil der Zettel schon im ganzen hinteren Teil der Klasse die Runde gemacht hat. Wo übrigens auch Arabella sitzt.

Mir ist plötzlich wie einem, der morgens in die Schule gegangen ist und vorher vergessen hat sich anzuziehen und es erst in der letzten Stunde merkt. Ein saublödes Gefühl.

Meine ganze schön ausgedachte Methode war für die Katz. Wenn ich nur schon zu Hause wäre! Aber zuerst steht mir noch die Busfahrt bevor.

Neuerdings passieren mir gute Sachen immer dann, wenn ich überhaupt nicht damit rechne. So auch jetzt. Im Bus setzt sich jemand neben mich. Als ich aufschaue, ist es Arabella. Sie grinst. Es sieht aus wie: Hallo, Benni, alter Kumpel. Gibt's dich auch noch?

Sofort steht mir unser langer gemeinsamer Marsch durch den Wald vor Augen – mit einem einzigen kurzen Grinsen von ihr ist alles wieder da. Aber nur für eine Sekunde. Denn nun zischt Arabella böse: »So ein gemeines Stinktier! Hast du den Zettel gesehen?«

Ich nicke fröhlich. Jochen Sailer und sein blöder Zettel sind mir in diesem Moment völlig wurscht.

Als Arabella merkt, dass ich es überhaupt nicht schwer nehme, lächelt sie und sagt erleichtert: »Mensch, und ich war so wütend! Ich hab's gelesen und Marion hat den Zettel weitergereicht, bevor ich sie stoppen konnte.«

Arabella kann nicht wissen, dass mir das alles erst seit einer Minute egal ist – seit sie neben mir sitzt. Mit einem Schlag hat sie mich nach oben befördert. Ich sage ihr, wie ich mir den Zettel vorstelle, den ich morgen auf die Reise schicken werde: *An alle! Übrigens würden einem gewissen J. Sailer ein paar Einheiten Bienengift gut tun. Für sein Schrumpfhirn. Dr. B. Wolf*

Wir kichern eine Weile darüber.

Dann wird Arabella nachdenklich. »Ich würd's nicht tun ...« Sie schaut mich an. »Benni, Jochen Großmaul triffst du am besten, wenn du durch ihn durchguckst. Ich hab's ausprobiert. Das verdirbt ihm total den Spaß. Das andere bringt nur ewigen Streit. Und er hat mehr Leute auf seiner Seite.«

»Weiß ich auch«, knurre ich. »Aber ich ...«

»He, Benni, mir ist noch was eingefallen. Es dürfte ihm ziemlich stinken, wenn wir zwei im Bus zusammenhängen!«

Mir stirbt der Knurrlaut in der Kehle. Hab ich recht gehört? Das war ja wie Weihnachtsglocken! Kann Arabella vielleicht Wunschträume lesen?

»Aber«, sage ich und traue dem Glück noch nicht, »du hast doch Marion!«

»Im Bus nicht. Oder jedenfalls nur selten«, meint Arabella. »Wie geht's übrigens deiner Königin?«

Das Leben kann Saltos schlagen und süßer sein als Pollenhonig. Ich grinse überwältigt vor mich hin. Dann erzähle ich Arabella, was sich in letzter Zeit bei meinen Bienen so ereignet hat. Endlich jemand, den ich nicht unbedingt mit Schauergeschichten beeindrucken muss! Anschließend warte ich darauf, dass mich Arabella fragt, ob sie mal mit ins Bienenhaus darf.

Aber leider kommt sie nicht auf diese grandiose Idee. Verflixt! Ob ich es ihr einfach anbiete? Aber was ist, wenn sie sich nur aus Mitgefühl zu mir gesetzt hat und Interesse vortäuscht, um mich zu trösten und Jochen zu ärgern? Oder wenn sie keine Lust hat und lieber mit Marion und den anderen Mädchen was unternimmt? Zweifel quälen mich. Ich bringe es nicht fertig, schlicht zu sagen: Komm doch mal mit ins Bienenhaus.

Immerhin kann ich nicht viel später eine erfreuliche Beobachtung machen: Jochen Sailer schiebt sich mit essigsaurem Gesicht durch den Busgang und tut, als gäbe es mich und Arabella gar nicht.

Arabella tauscht einen Blick und ein Kumpelgrinsen mit mir. »Na, was hab ich dir gesagt?«, flüstert sie.

Mir geht's sofort wieder gut. Ein Kumpelgrinsen ist auch nicht zu verachten. Was will ich momentan eigentlich mehr?

In Lützelheim steigen wir hinter Jochen aus und gucken ihm feixend nach. Dann hebt Arabella die Hand und sagt: »Bis morgen, Benni!«

»Bis morgen, Arabella«, antworte ich. Also, echt!

Auf dem Weg durch die Siedlung fällt mir dann noch ein, dass Arabella an einem Sonntagvormittag im Mai einfach bei meinem Vater aufgekreuzt ist und nach mir gefragt hat. Dass sie mich in der Truppe haben wollte. Dass sie ihren Job mit mir geteilt hätte, wenn er für zwei genug abgeworfen hätte …

Mitgefühl? Na, ich weiß nicht. Könnte es nicht eher sein, dass Arabella mich gut leiden kann?

21

Oma Friedls großer Tag ist gekommen. Nach einer Kaltwetterperiode scheint heute wieder die Sonne. Ich habe mir während der Autofahrt bereits ein Mittagessen reingezogen. Und jetzt kann's losgehen.

Oma Friedl holt den Schlüssel aus dem Baum. Gregor bleibt mit mir in sicherem Abstand neben der Einflugschneise stehen.

»Sie fliegen«, sagt er zufrieden.

»Und wie«, kann ich bestätigen, mit Blick auf mein eigenes Volk.

»In den letzten Tagen hätte ich keinen Kasten aufmachen wollen«, meint Gregor. »Da war mit ihnen nicht gut Kirschen essen.«

»Kommt ihr?«, ruft Oma Friedl. »Und habt ihr das Wasser?«

»Ja, ja«, sagt Gregor und schickt mich zum Auto, wo wir den Kanister vergessen haben.

Oma Friedl füllt im Schleuderraum eine Schüssel mit Wasser und legt ein Handtuch daneben. Für die klebrigen Finger. Sie trägt heute eine weiße Schürze, die bestimmt frisch vom Bügelbrett kommt. Dasselbe kann man von der blauen Männerschürze behaupten, die sie Gregor umgebunden hat.

Für mich hat sie kein solches Teil dabei, zum Glück.

Sie hat nicht dran gedacht und das findet sie jetzt schade.

Ich nicht. Könnte ja sein, dass Arabella sich blicken lässt. Und ich dann in einer Schürze, o Schreck!

Meinen Anzug brauche ich heute nicht, denn wir arbeiten ja im Schleuderraum, wo keine Bienen sind. Er würde mich nur behindern. Es ist meine Aufgabe, die Kurbel der Schleuder gleichmäßig zu drehen.

Aber erst einmal warte ich, dass Gregor volle Waben bringt. Dazu muss er den Kastenaufsatz über einem Volk öffnen, den so genannten Honigraum.

Oma Friedl bereitet geheimnisvolle Gerätschaften vor, darunter eine überbreite Gabel, die garantiert in keinen Mund passt.

Ich frage sie: »Oma Friedl, woher wissen die Bienen eigentlich, dass der untere Kasten für die Brut ist und der obere für den Honig?«

»Sie wissen es nicht«, sagt Oma Friedl.

»Ach?«

»Von sich aus würden sie den Honig und die Brut nicht trennen. Guten Appetit dann beim Schleudern! Willst du vielleicht Maden im Honig?«

»Muss nicht sein«, sage ich und verziehe das Gesicht.

Oma Friedl stellt einen Eimer unter den Ablauf der Schleuder und legt ein feines Sieb darüber. Sie redet gebückt weiter. »*Wir* bestimmen, wo die Bienen die Brut großziehen und wo sie den Honig lagern. Weißt du, wie?« Sie richtet sich auf.

Ich habe einen Geistesblitz. »Mit dem Gitter zwischen dem oberen und dem unteren Kasten?« Denn irgendeine Bewandtnis sollte dieses Gitter ja haben. Bisher hat es mich nicht gejuckt, weil mein eigenes Volk noch keinen Honigaufsatz hat.

Oma Friedl nickt. »Du bist auf der richtigen Spur, Benni.«

Ein Gitter, durch das die Bienen sich durchwinden wie durch die Pollenfalle unten im Kasten – gut. Aber wieso trennt es Brut und Honig? Ich komme noch nicht darauf.

Oma Friedl gibt mir einen Tipp. »Denk mal daran, wer den Nektar bringt und wer die Eier legt. Und an das Größenverhältnis …«

Natürlich! Das ist es. Bin ich eigentlich doof oder was?

Ist ja klar. Wenn die viel größere Königin nicht nach oben kommt, gibt's da oben keine Eier. Aber die Arbeiterinnen mit ihrem Nektar passen durchs Gitter. Die Drohnen allerdings auch nicht und das ist praktisch, denn die haben mit dem Honig überhaupt nichts zu tun.

»Kapiert, Benni?«

»Sicher«, sage ich lässig.

Gregor macht die Tür einen Spalt auf und reicht Oma Friedl die erste Honigwabe. Keine einzige Biene kommt mit. Gut für mich. Und wahrscheinlich auch für die Biene.

Ich fasse schon nach der Kurbel. Aber Oma Friedl stellt die Wabe erst einmal in einen flachen Auffangbehälter auf der Arbeitsplatte. Dann setzt sie die monströse Gabel an und streift in einer breiten Bahn die Wachsdeckel von den Wabenzellen. Ein paar Bahnen – und die ganze Wabe glänzt von dickflüssigem Honig. Oma Friedl dreht die Wabe um und macht dasselbe auf der Rückseite.

»Schnell!«, rufe ich, denn der Honig fängt schon an zu rinnen.

»Nicht hetzen«, murmelt Oma Friedl und hängt die offene Wabe in die Schleuder. »Das Entdeckeln ist ein schwieriges Geschäft.«

Hinter der Tür fragt Gregor: »Frau, bist du so weit?« Dann macht er die Tür wieder einen Spalt auf. Die nächste Wabe erscheint.

Mit der dritten Wabe kommt eine Biene herein.

»Eine regt uns noch nicht auf. Oder, Benni?«, meint Oma Friedl. »Weißt du, sie riechen halt den Honig!«

Sie sollen gefälligst ihre Nasen abschalten, denke ich beunruhigt. Ich glaube nämlich nicht daran, dass ich der Typ bin, der neunzig Bienenstiche verträgt und auch noch davon profitiert. Misstrauisch beobachte ich den Flug der Biene und ziehe das Genick ein, wenn sie hinter mir ist. Klar, dass sie den Honig riecht. Und der ist ausgerechnet bei mir in der Schleuder!

Drei Waben passen rein und jetzt lege ich los. Die Biene beschnuppert drüben den Auffangbehälter.

»Sachte«, sagt Oma Friedl warnend.

Fantastisch, wie der goldene Honig an die Schleuderwand spritzt. Je wilder ich drehe, desto besser, denke ich.

Aber Oma Friedl fällt mir mit einem Aufschrei in den Arm. »Benni! Machst du wohl langsam! Da gehen doch die Waben kaputt!« Empört hält sie die Schleuder an und guckt rein. »Noch nichts passiert«, sagt sie aufatmend. »Verstehst du, das sind nur dünne Wachswände, die brechen!« Ich gucke zerknirscht drein.

Da gibt mir Oma Friedl einen Schubs. »Mach weiter.«

Ich drehe vorsichtig.

»Nur zu!«, ermuntert sie mich im Vorübergehen.

Als aus der einen Seite meiner Waben nichts mehr herauskommt, werden sie umgedreht. Es ist lecker anzusehen, wie der dicke Honig aus der Schleuder übers Sieb in den Eimer läuft. Wirklich ein Erlebnis. Oder, wie Oma Friedl sagt, der schönste Moment der Imkerei.

Im schönsten Moment der Imkerei brülle ich auf. Jetzt hat mich das Biest erwischt. In den Unterarm, der wahrscheinlich beim Kurbeln ihre Flugbahn kreuzte. Mist!

Ich lasse die Kurbel los und besehe mir den Schaden. Der Stachel steckt noch drin. Ich ziehe ihn raus.

»Benni?« Oma Friedl ist herumgefahren. Ihr erschrockener Blick gilt der Schleuder. Aber die steht noch stabil auf ihren Füßen. Der nächste Blick ist für mich.

»Ach so«, sagt Oma Friedl erleichtert. Dann sucht sie was. »Ich hatte doch eine Salbe …«

Von draußen ruft Gregor: »Benni, war das die erste?«

»Ja«, knirsche ich.

»Willkommen im Verein!«

»Ha, ha«, sage ich schlecht gelaunt.

Der Stich tut höllisch weh. Sonst bin ich ja nicht so, aber im Augenblick freut es mich, dass die Biene draufgeht. Der Verlust ihres Stachels bringt sie nämlich um.

»Du hast doch nichts daran gemacht?«, fragt Oma Friedl, als sie mir die Salbentube gibt.

»Den Stachel hab ich halt rausgezogen«, maule ich.

»Das war verkehrt, Benni! Da hing noch die Giftblase dran und jetzt hast du dir alles reingedrückt. Man muss den Stachel wegwischen, ohne auf die Giftblase zu drücken!«

Schön, aber konnte man mir das nicht früher sagen? Ich schmiere Salbe auf die Stelle.

Oma Friedl dreht sich um, sie kriegt von Gregor die nächste Wabe zum Entdeckeln.

Für eine Sekunde sehe ich Gregors Schmunzeln. »Beim ersten Mal ist es immer am schlimmsten, Benni!«, ruft er, als die Tür schon wieder zu ist.

»Okay«, sage ich. »Lässt schon nach. Aber bestell

den Biestern, hier drin wartet auf sie der Tod!« Wir hören Gregor lachen.

»Willst du deinen Anzug?«, fragt Oma Friedl mitfühlend.

»Natürlich nicht«, brumme ich.

Auf Grund dieser Antwort darf ich am Abend stolze vier Stiche zählen. Einen auf jedem Unterarm, einen am kleinen Finger und einen am Kopf unter den Haaren.

Jetzt weiß ich, warum Oma Friedl ein Kopftuch trägt und Gregor seinen ewigen Filzhut: Aus den Haaren kann man eine angriffslustige Biene nicht vertreiben. Sie findet nicht raus und in ihrer Not sticht sie natürlich zu.

Alle vier Stellen sind hart und gerötet und jucken mittlerweile wie die Hölle. Aber es bringt mich nicht um. Irgendwie hat es auch was – wie eine Art Feuertaufe.

»Schade, dass ich kein Hemd mit Kragen hab«, sage ich zu Gregor.

»Was willst du mit einem Kragen?« Gregor hilft Oma Friedl beim Aufräumen.

»Einem Flieger schneiden die Kameraden nach dem ersten Alleinflug den Hemdkragen ab«, erkläre ich ihm. »Das ist dem Vater von einem aus meiner Klasse passiert. Damit war er getauft und in den Verein aufgenommen.«

»So? Einen Imker tauft man anders. Mit Honig«, sagt Gregor. Er flüstert Oma Friedl was zu.

Bevor wir die Ausbeute des Nachmittags in Eimern zum Auto schleppen, zaubert Oma Friedl zwei große Gläser von irgendwoher. Sie schöpft von dem frischen Honig hinein und schraubt sie zu. Dann gibt sie mir eines.

»Fürs Helfen, Benni«, sagt sie.

Mein Selbstgeschleuderter! Zwar nicht vom eigenen Volk, aber immerhin. Ein tolles Gefühl. Und ziemlich neu. Es erinnert mich an meinen ersten Tag im Gymnasium. Nur war's damals in Wirklichkeit keine reine Freude, nein, gar nicht vergleichbar.

Nichts geht über frischen Schleuderhonig, hat mein Vater kürzlich gemeint. Ich hoffe, dass er Recht hat. Daheim werde ich das Riesenglas total lässig auf den Tisch stellen.

Mein Vater hat zuletzt frisch geschleuderten Honig gegessen, als er ganz klein war. Meine Mutter noch nie. Die Frage, ob Taschengeld oder Honig, hat sich damit auch erledigt. Oma Friedl weiß eben, was am besten zu uns passt.

Das zweite Glas nimmt Gregor in die Hand. »Deine Imkertaufe!«, sagt er.

Ich gehe in Deckung. Er wird doch nicht …

Gregor lacht. »Nein, Benni. Davon wird kein Tropfen vergeudet. Den Honig isst du ganz allein auf und sonst gar nichts!«

Ich komme erleichtert wieder hoch. »Worauf du dich verlassen kannst«, sage ich und schnappe mir das Glas.

Von dem werde ich garantiert nichts abgeben – oder teilt etwa jemand die Stiche mit mir? Wer eine Imkertaufe will, soll sich selber stechen lassen.

Gregor und Oma Friedl lachen mich an. Ich glaube, sie mögen mich. Ich glaube, ich wäre der Enkel, den sie adoptieren würden.

22

Wir brauchen drei weitere Nachmittage zum Schleudern. Am Schluss sind es nur noch ein paar wenige Waben, sodass wir schon gegen vier Uhr aufräumen können.

Ich kühle eben zwei Bienenstiche mit kaltem Wasser, als jemand ans Fenster des Schleuderraums klopft. Wir fahren alle drei zusammen – an Besuch sind wir nicht gewöhnt.

Weil das Bienenhaus auf Stelzen steht und damit ziemlich hoch ist, sehe ich nur einen braunen Scheitel im Fenster. Aber den kenne ich. Arabella! Ich unterdrücke einen Freudenschrei und klopfe auch an die Scheibe, von innen.

»Das ist nur Arabella«, sage ich schnell. Von irgendwas bin ich plötzlich atemlos.

»Arabella?«, fragt Oma Friedl.

»Ja. Sie geht in meine Klasse. Ich hab ihr im Bus schon hunderttausend Sachen von den Bienen erzählt. Darf sie reinkommen?«

Der Schleuderraum ist winzig. Zu dritt haben wir um die Schleuder herum gerade gemütlich Platz. Schon bei den Aufräumarbeiten treten wir uns gegenseitig auf die Füße. Oma Friedl guckt skeptisch.

»Oder ist es jetzt ungünstig?«

»Ein wenig schon«, sagt Oma Friedl. »Kann uns das Mädchen nicht ein andermal besuchen?«

Gregor meint: »Lass sie doch. Uns ist jede Zuschauerin im Bienenhaus willkommen. Wenn sie sich wirklich interessiert und keine Angst vor den Bienen hat.«

Ich glaube, dass Arabella die erste Bedingung erfüllt. Leider weiß ich zufällig auch, dass es mit der zweiten hapert. »Ich geh mal zu ihr raus«, sage ich.

Arabella sitzt unter einem Baum. Sie hat den Rücken an den Stamm gelehnt.

»Hallo, Arabella«, sage ich und lasse mich neben ihr im Schneidersitz nieder.

»Wo hast du denn deinen Schutzanzug?«, fragt sie.

Ich zucke die Achseln. »Hab heute wieder drauf verzichtet.«

»Ah, ja? Und wie viele haben dich diesmal erwischt?«

»Zwei.« Eigentlich sollte ich noch zwei oder drei Stiche dazuerfinden. – Zu spät. »Das macht jetzt zusammen neun.« Irgendwann bringe ich es wahrscheinlich auf die neunzig Stiche, die ich mir bereits angeberisch bescheinigt habe.

Arabella sieht mich von der Seite an. Bewundernd, denke ich mal, und entsetzt. Auf ihren Spott bin ich nicht gefasst. »Ich kann auch bis neun zählen, lieber Benni. Du baust übrigens ab. Am Anfang hast du's auf mehr gebracht.«

»Ich wünsch dir mal neun Stiche«, sage ich gekränkt.

Arabella lacht. »Jetzt bist du sauer.«

Ich weiß nicht. Eigentlich überwiegt die Freude, dass sie gekommen ist. Jeden Tag habe ich ihr im Bus erzählt, was wir im Bienenhaus gerade machen, und habe gehofft, dass sie endlich mal neugierig genug wird.

Und jetzt ist Arabella da. Ich grinse sie an.

»Du willst sicher mal rein«, vermute ich.

»Äh – ich weiß nicht.«

Sie zählt wohl lieber die Stiche anderer Leute. »Jetzt ist es gerade sowieso ungüns…«, fange ich an.

Ich werde unterbrochen.

»Benni?« Gregor kommt drüben aus der Tür. Er hat in der einen Hand eine Kelle und in der anderen einen Löffel. »Lass deine Freundin mal probieren.« Er lacht Arabella breit an.

Arabella grüßt und steht zögernd auf. Ich sehe, dass sie sich vor den paar Bienen fürchtet, die Gregor begleiten. Gleichzeitig merke ich was: Ich hab keine Angst mehr vor ihnen!

»Die riechen nur den Honig«, beruhige ich Arabella. »Wenn du nicht nach ihnen schlägst, tun sie dir nichts.« Ich nehme meine Baseballkappe ab, die ich seit vorgestern trage, und gebe sie ihr. »Stopf dir die Haare drunter.« Und während Arabella dann mit dem Löffel in den Honig fährt, passe ich auf, dass sich keine Biene auf sie setzt.

Sie leckt und schluckt und verdreht genießerisch die Augen. Gregor schaut wohlgefällig auf sie hinunter. »Ja, das ist die reinste Gottesgabe«, meint er.

»Sagt mein Vater auch«, bestätige ich. »Gregor, könnten wir jetzt vielleicht meine Königin zeichnen? Dann kann Arabella zusehen.«

»Was ist zeichnen?«, fragt Arabella undeutlich, denn sie hat den Mund voll.

»Das Plättchen draufkleben«, sage ich. Der Gedanke ist mir gerade eben durch den Kopf geschossen. Und auch Oma Friedls großer Schutzanzug ist mir eingefallen. Der, den ich beim ersten Mal anhatte.

Gregor zögert. »Wir müssen mit dem Honig nach Hause, Benni. Und Oma Friedl will noch was erledigen …«

»Kannst du Oma Friedl nicht heimbringen und danach wiederkommen?«, dränge ich. Wirklich, wenn Arabella schon mal hier ist!

Gregor runzelt die Stirn. Dann entschließt er sich. »Also gut, Benni. Heute passt das Wetter. Wer weiß, wie's morgen sein wird. Aber musst du nicht mal wieder Hausaufgaben machen?«

»Am Freitag?« Ich schüttle den Kopf über Gregor. »Wer macht denn am Freitag Hausaufgaben!«

Gregor zeigt auf Arabella. »Und wenn sie gestochen wird?«

»Sie wird nicht. Da ist doch noch Oma Friedls Schutzanzug.«

Gregor nickt und geht mit der leeren Kelle und dem Löffel zurück ins Bienenhaus.

Ich bitte Arabella, unter dem Baum zu warten, und helfe das Auto beladen. Danach schauen wir zu zweit dem wegfahrenden Wagen nach.

»In den Eimern – war da der Honig drin?«, will Arabella wissen.

»Na klar. Was denn sonst?« Ich mache es mir unter Arabellas Baum bequem. »Übrigens weiß ich seit heute, woraus die Bienen den Waldhonig machen.« Wieder so eine Merkwürdigkeit, die Arabella interessieren wird.

»Wieso? Ist der nicht aus Nektar?«

Ich schüttle den Kopf. »Pass auf, Arabella. Also, die Ameisen halten sich Kühe …«

»Spinnst du, Benni?«

»Nein. Die Läuse auf den Tannen sind die Kühe der Ameisen …«

Arabella seufzt. »Du hättest heute besser kein Bienengift abgekriegt!«

»Lass mich doch mal ausreden, Arabella! Also: Die Läuse trinken den Saft der jungen Tannentriebe. Klar? Dann krabbeln die Ameisen auf den Baum und melken die Läuse. Es kommt natürlich keine Milch raus, sondern Saft.«

Arabella schaut mich an wie eine Irrenhauswärterin, die keine Zwangsjacke zur Hand hat.

»Du kannst es glauben, Arabella, es ist wahr! Und das, was den Ameisen danebengeht, holen sich die

Bienen. Ganz einfach. Sie saugen die Tröpfchen auf und bringen diesen … äh … Läusesaft nach Hause. Das war's!«

Ich könnte den Läusesaft natürlich auch Honigtau nennen, wie die Imker es tun. Aber mit einem beschönigenden Namen kann man niemanden schockieren.

Arabella verzieht das Gesicht. »Hab ich dann vielleicht … Läusesaft gegessen?« Sie schüttelt sich.

»Hast du nicht. Das vorhin war doch Blütenhonig. Der Wald honigt jetzt noch nicht. In manchen Jahren gibt es sowieso keinen Waldhonig, wenn das Wetter nicht mitspielt und die Läuse ausbleiben.«

Arabella scheint nach innen zu horchen, ob's nicht vielleicht doch Läusesaft war.

»Der Blütennektar geht übrigens auch erst ein paar Mal durch den Magen der Bienen, bis Honig daraus wird«, belehre ich sie. »So, wie das Gras durch die Kuh geht, bevor es zu Milch wird. Nur dass die Milch nicht oben rauskommt …«

»Macht dir das Spaß?«, fragt Arabella drohend. So hell waren ihre Augen schon lange nicht mehr.

»Was?«

»Den Leuten den Appetit zu verderben?«

Ich grinse. Ja, wahrscheinlich macht's mir Spaß. Wenn man es genau betrachtet, besteht die ganze Biologie aus Schweinkram. Und wenn man das erst akzeptiert hat, ekelt man sich nicht mehr.

Arabella kneift mich bösartig in den Arm. Es tut fast so weh wie ein Bienenstich. Aber ich lasse mir überhaupt nichts anmerken. Ich muss Geduld haben mit Arabella. Im Vergleich zu mir ist sie in Bio erst eine Anfängerin. Lachend stehe ich auf und hole die beiden Schutzanzüge aus dem Bienenhaus, den großen von Oma Friedl und meinen eigenen. Arabella nimmt die Baseballkappe ab und verkleidet sich als Monster.

»So einen hätte ich auch lieber«, sagt sie und zeigt auf meinen Anzug. Sie sieht beknackt aus in Oma Friedls Riesenteil und jetzt weiß ich auch, wie ich damals ausgesehen haben muss. Ich würde Arabella ja meinen Maßanzug leihen, wenn sie nicht so groß wäre!

Aber meine Handschuhe kriegt sie. Denn ich werde heute – jawohl! – ich werde Gregor mit bloßen Händen assistieren. So eine spitzenmäßige Gelegenheit, meinen Mut zu beweisen, kommt vielleicht nie wieder.

23

Mein Kasten mit nur drei Waben ist eigentlich überschaubar. Aber Arabella erschrickt trotzdem über die vielen Bienen. Sie steht links von Gregor und ich rechts. Er hat mir ein Glasröhrchen gegeben. Bienenköniginnen fängt man schließlich nicht mit dem Lasso.

Ich sage zu Gregor: »Kannst du die Waben für mich hochhalten? Dann finde ich Ar… meine Königin leichter!« Meine Hände habe ich diskret in den Ärmeln verschwinden lassen. Und nun verstecke ich sie lässig auf dem Rücken.

Gregor, der Fuchs, zwinkert mir zu. Verflixt, er hat mich durchschaut. Aber zum Glück spielt er mit. Mit seinen bloßen Fingern nimmt er den mittleren Rahmen heraus und hält ihn mir schön vor die Augen.

Arabella, Schätzchen, wo steckst du?, murmle ich im Geiste. Sie muss ja da sein, sie ist schließlich keine Flugbiene.

Während ich mir die Augen nach Majestät ausgucke, erklärt Gregor meiner Arabella im Monsterlook, was in dem Brutnest unter dem Bienengewimmel los ist. Dass aus den Eiern, die die Königin legt, Larven schlüpfen. Dass die Larven ständig gefüttert werden. Dass sie sich dann verpuppen und dass die Arbeiterinnen die Zellen mit Wachsdeckeln verschließen. Dass die Puppen dreizehn Tage brauchen, um sich in fertige Bienen zu verwandeln.

»Weiß sie alles schon«, werfe ich ein.

»Ja«, sagt Arabella. »Kann ich suchen helfen?« Sie geht um Gregor herum und rückt an meine Seite. »Ich muss nach einer extralangen Biene schauen, richtig?«

»Richtig.« Mich packt der Ehrgeiz, meine Königin selber zu finden. »Bitte wenden«, sage ich zu Gregor. Und wie er die Wabe dreht, strecke ich den Finger aus. »Da ist sie!«

»Wo?«, ruft Arabella.

»Hier.« Mit Hilfe des Glasröhrchens fange ich die Königin ein. Das Kidnapping gefällt ihr überhaupt nicht. Wenn sie weiter so gegen die Glaswände brummt, kriegt sie noch einen Kollaps! Ich bin so aufgeregt, dass ich glatt meine ungeschützten Hände vergesse. Ich merke es erst wieder, als Gregor deswegen schmunzelt. Komischerweise hat keine Biene die Gelegenheit benützt, mir eins zu verpassen.

Gregor hängt die Wabe zurück und schließt den Kasten.

»Benni«, sagt er, »schau dir jetzt alles genau an. Deine nächste Königin zeichnest du nämlich selber.« Er bringt ein Gläschen mit Klebstoff, einen Vorrat an Farbplättchen und einen Zahnstocher. »Puste die Königin aus dem Röhrchen auf die Ablage.«

»Erschrick nicht, Ar… Majestät«, murmle ich, »jetzt kommt ein kleiner Tornado.« Ich blase.

Und während Monster-Arabella neben mir über meinen Witz leise kichert, taumelt meine Königin heraus. Gregor nimmt sie zwischen Daumen und Zeigefinger. Arabella zieht erschrocken die Luft ein.

»Nicht doch«, sagt Gregor und schüttelt lächelnd den Kopf. »Die Königin ist vor Angst halb tot, sie sticht nicht.«

Tatsächlich hält meine Kleine völlig still. Hoffentlich wacht sie aus dem Schock überhaupt noch mal auf!

Gregor taucht die Spitze des Zahnstochers in den Klebstoff und tupft der Königin einen kleinen Tropfen davon auf den gepanzerten Rücken. Dann dreht er den Zahnstocher um und befeuchtet die andere Spitze mit der Zunge. So will er ein Plättchen aufnehmen.

»Du hast das sicher schon hundertmal gemacht, Gregor«, sage ich, »aber heute taugt deine Spucke nichts!« Ich werde vom Zuschauen ganz kribbelig. »Darf ich mal?« Gregor gibt mir den Zahnstocher.

Meine Spucke klebt besser. Eins dieser feuerroten Plättchen haftet schon beim ersten Versuch an der Spitze des Zahnstochers. Na, wer sagt's denn!

Schön behutsam übergebe ich Gregor den Zahnstocher samt Plättchen. Gregor drückt es meiner Königin auf den Klebstofftropfen.

Arabella und ich atmen gleichzeitig aus. Geschafft! Der Rücken meiner Königin leuchtet wie eine rote Ampel.

»Majestät«, sage ich, »jetzt bist du perfekt.«

Ich weiß nicht, ob sie auf Komplimente Wert legt, anmerken lässt sie sich nichts, sie krabbelt nur benommen herum. Wir schauen ihr zu, während der Klebstoff trocknet.

»Sie ist eigentlich schön«, flüstert Arabella.

Dafür verzeihe ich ihr jeden Kniff in den Arm, auch jeden zukünftigen.

Nachdem Gregor meine Königin zum Kasten zurückgebracht hat, kündigt er an: »Benni, morgen erweitern wir deinen Kasten um drei Rahmen. Dein Volk macht sich sehr gut.«

»Hab nichts anderes erwartet.«

»Und von da an kommt jede Woche ein weiterer Rahmen dazu. Bis August hast du einen großen Kasten voller Bienen.«

»Und Ende August«, sage ich selbstgefällig zu Arabella, »schleudere ich dann meinen eigenen Honig!«

Als Gregor nachsichtig lächelt, kriege ich plötzlich Zweifel. »Spricht was dagegen?«

Mir fällt ein, dass es jetzt mit dem Nektar so gut wie vorbei ist. Die Obstbäume und die Rapsfelder sind verblüht, die Frühlingswiesen gemäht. Gegen blühende Unkräuter im Getreide, in den Rüben und in den Kartoffeln gehen die Bauern gnadenlos mit Spritzmitteln vor und Wegraine dulden sie sowieso nicht.

»Warten wir ab, ob der Wald honigt«, meint Gregor.

Stimmt, den gibt's ja auch noch, den Wald. Zum Glück.

Arabella flüstert in mein Ohr: »Dann kriegst du Läusesaft, hä, hä!«

»Was hat sie gesagt, Benni?« Gregor runzelt die Stirn.

»Dass … äh … dass meine Bienen Honigtau bringen«, stottere ich.

Ich trete Arabella auf den Fuß. Von Läusen redet man als Imker nicht. Man will ja nicht die Kundschaft verprellen, sagt Oma Friedl.

Gregor ist mit meiner Antwort zufrieden. »Du hast deiner Freundin schon allerhand beigebracht. Hast du ihr auch von den Suchbienen erzählt? Wie sie beim Heimkommen dem ganzen Volk klarmachen, wo das Futter zu finden ist?«

»Wenn Sie das mit dem Tanz meinen«, sagt Arabella, »das hat mir Benni erklärt. Die Kundschafterinnen führen einen Schwänzeltanz auf. Der funktioniert wie eine Kartenskizze. Die Bienen lesen praktisch die Karte und verlieren keine Zeit durch Suchen. Das ist echt fantastisch!«

Über Arabellas Kopf hinweg nickt mir Gregor zu. Es kann heißen, dass er mit mir einverstanden ist oder dass ihm Arabella gefällt. Ich weiß nicht, was mir lieber ist …

»Hast du auch von den Soldatinnen in jedem Stock gehört?«, fragt Gregor Arabella jetzt.

Nein, hat sie nicht. Von wem denn auch.

»He«, mische ich mich entrüstet ein, »Gregor, das solltest du schon erst mal mir erzählen!«

»Hab ich das nicht, Benni? Also, die Aufgabe der Soldatinnen ist es, bei einer Störung anzugreifen. Wenn ich einen Kasten aufmache, sind die Soldatinnen die Bienen, die sofort von der Wabe auffliegen. Ach, Benni, gib doch mal deine Hand!« Während seiner Rede hat Gregor einen Kasten geöffnet.

Ich strecke ihm misstrauisch meine Rechte hin. Was hat er vor? Warum fragt er nicht Arabella, die meine Handschuhe trägt?

Gregor schaut mich todernst an. Dann setzt er drei Bienen auf meine Handfläche. Ich beiße die Zähne zusammen und unterdrücke jedes Zittern. Verdammt, so was hat Gregor noch nie gemacht. Und Arabella schaut zu! Wenn man überraschend gestochen wird, kann man wenigstens vorher keine Angst haben – aber so?

Stecht, denke ich grimmig, stecht endlich, dann ist es vorbei!

Gregor dreht sich um und seine Schultern zucken. Ein Blick von ihm zu meinen Bienen – und mir geht ein riesengroßes Licht auf: Das sind ja Drohnen, er hat mir Drohnen auf die Hand gesetzt! Vor lauter Schiss hab ich gar nicht gesehen, wie groß sie sind.

»Was machst du denn für ein Gesicht?«, sage ich überlegen zu Arabella. Ich schlucke die ausgestandene

Angst und die Überraschung perfekt hinunter. »Mensch, Arabella, Drohnen stechen doch nicht.«

Ha, Gregor, denke ich, nicht mit mir!

Daraufhin will Arabella auch einen Drohn über ihre Hand krabbeln lassen. Gregor grinst zufrieden in sich hinein. Ja, so ein Schuft!

»Zieht euch um, ihr zwei, Schluss für heute«, sagt er dann. Als er herguckt, ist ihm nichts mehr anzumerken.

Weil es zum Laufen etwas spät geworden ist, lassen Arabella und ich uns von Gregor nach Lützelheim mitnehmen. Ich will im Auto von Arabella wissen, ob sie wieder mal zum Bienenhaus kommen wird. Diesmal hab ich kein Problem mit der Frage, denn schließlich ist Arabella von selber aufgetaucht.

Sie zuckt die Achseln. »Ich hab's ja jetzt gesehen, oder?«

Komische Antwort. Heißt wohl eher Nein. Ich warte, ob Arabella noch was hinzufügt. Aber das war's wohl.

»Viel hast du nicht gesehen«, sage ich und versuche mir die Enttäuschung nicht anmerken zu lassen.

Arabella lacht. »He, doch, sehr viel! Jede Menge. War echt toll. Du kannst mich im Bus ja auf dem Laufenden halten, Benni.«

»Aber das ist doch nicht dasselbe!«, protestiere ich.

»Für mich schon. Mir reicht das. Ich brauch's nicht so hautnah. Hast du übrigens dein Ohr gesehen?«

Ob ich … was? Ich fasse mein linkes Ohr an, auf das Arabella zeigt. Es ist riesig und heiß. Au wei, einer der beiden Stiche natürlich! Gut, dass morgen Samstag ist und ich mit diesem Schweinsohr nicht in die Schule muss.

Arabella grinst mich an. »Siehst du nun?«

24

Es ist erst elf Uhr und bereits elendig heiß – ein Julisonntag wie geschaffen, um ausgiebig baden zu gehen. Das werden wir auch machen, mein Vater und ich. Meine Mutter ist übers Wochenende zu ihrer Freundin gefahren und hat uns einen fast leeren Kühlschrank zurückgelassen. Deswegen haben mein Vater und ich schon beim Frühstück beschlossen, dass wir heute essen gehen wollen und hinterher ins Schwimmbad.

In allen anderen Bundesländern sind längst Ferien. Noch eine Woche, dann gehen sie auch bei uns an. Die meisten Leute aus meiner Klasse fahren irgendwo hin. Ich leider nicht. Erstens können wir uns finanziell keinen Urlaub leisten. Zweitens – behauptet mein Vater – haben wir den Urlaub sowieso zu Hause in unserem großen Garten. Und drittens hat er Oma und Opa für den ganzen August eingeladen. Ich werde wahrscheinlich die Sommerferien im Schwimmbad und im Bienenhaus verbringen. Und das hauptsächlich aus dem dritten Grund. Oma und Opa nerven nur.

Soeben habe ich mich von Gregor, mit dem ich kurz im Bienenhaus war, verabschiedet und bin über den Zaun geflankt. Ich finde meinen Vater in Bauchlage vor seinem Teich. Da ich weit und breit kein verdächtiges

Arbeitsgerät rumliegen sehe, werfe ich mich neben ihn.

»Was machst du da?«, frage ich ihn.

Er zeigt auf die schimmernde Fläche. »Die Wasserläufer, Benni. Denen kann ich stundenlang zuschauen.«

Diese spinnenbeinigen Viecher rennen tatsächlich übers Wasser. Echt witzig.

»Stundenlang?«, sage ich, »wo ich kaum eine Stunde weg war?« Ich wäre ja gern länger im Bienenhaus geblieben. Hatte eine Art Nachholbedarf, denn letzte Woche war ich jeden Nachmittag baden. Aber Gregor und Oma Friedl sind ab Mittag bei ihrer Tocher zum Geburtstag eingeladen.

»Ich fang ja erst mit Gucken an«, murmelt mein Vater. »Was habt ihr heute im Bienenhaus gemacht?«

»Auch nur geguckt. Und jetzt kommt die gute Nachricht, Papa: Es gibt dieses Jahr eine Menge Waldhonig. Meine Bienen haben schon zwei Waben voll gekriegt!«

Ich warte. Mindestens ein anerkennender Pfiff sollte kommen. Zwei volle Waben – das dürften sechs Pfund Honig sein! Aber mein Vater hat das Kinn aufgestützt und ist von seinen Wasserläufern fasziniert.

Ich hab ihn wohl zu sehr mit Honig verwöhnt! Mit hellem, cremigem Blütenhonig, den Gregor eine Zeit lang täglich rühren musste, damit er nicht fest wird und immer so cremig bleibt.

Ich stoße meinen Vater an. »Hörst du eigentlich zu? Die Waben, die wir schon einmal leer geschleudert haben, sind wieder voll! Diesmal mit Waldhonig. Und denk nicht, dass das selbstverständlich ist. Oft bleibt der Honigtau aus und dann muss man die Bienen füttern, damit sie nicht verhungern!«

»Benni, das hast du mir schon ungefähr fünfzigmal erzählt!« Mein Vater dreht sich auf den Rücken und legt den Arm über die Augen. Er hat nur die Badehose an und wird sich einen Sonnenbrand einfangen. »Wenn ihr wieder mal sonntags im Bienenhaus seid, komm ich euch besuchen«, sagt er schläfrig.

»Du hast ja viel zu viel Schiss«, spotte ich.

»Gar nicht wahr. Nur keine Zeit …«

Ich schöpfe eine Hand voll Wasser und träufle es auf seinen nackten Bauch. Es sammelt sich im Nabelgrübchen. »Hunger«, sage ich ungeduldig.

»Mach dir ein Honigbrot.«

»Du hast versprochen, dass wir essen gehen«, fahre ich ihn empört an.

Mein Vater grinst. »War nur ein Test«, meint er.

Wir gehen zum Essen in den Dorfgasthof. Danach packen wir unsere Badesachen ein und fahren ins Schwimmbad nach Großwallhausen.

Dort sind auch welche aus meiner Klasse. Und während mein Vater auf der Decke einschläft, treiben wir Jungen alles Mögliche. Der lauteste Schreier bin vielleicht ich.

Aber es ist wie beim Dorffest in Lützelheim: In Gedanken bin ich nicht dabei. Ich mache jeden Kopfsprung für Arabella. Jeden Spurt lege ich für sie hin. Und jeden Schrei stoße ich aus, damit sie ihn hört.

Arabella trägt einen giftgrünen Badeanzug und kriegt schon Busen. Ich sehe sie mit Marion und einigen Jungen zusammen. Marion hat auch kleine Wölbungen unter dem Stoff, aber das interessiert mich nicht. Doch die Jungen hasse ich. Jeder von ihnen ist größer als ich. Und fast alle haben sie Haare auf den Beinen, solche, die man schon von weitem sieht.

Im Schulbus sind Arabella und ich immer noch die besten Kumpel, aber im Schwimmbad bin ich leider Luft für sie. Mir ist klar, dass ich jederzeit ungeheuer wachsen kann, samt Haaren und so. Aber in dieser Badesaison schaffe ich das wohl nicht mehr. Deswegen schreie ich mit den Jungs von meiner Klasse herum, nerve die Leute und halte den Bademeister auf Trab. Immer in der Hoffnung, dass Arabella guckt.

Als das Bad sich langsam leert, sehe ich auch Arabella verschwinden. Ich merke jetzt, wie hungrig und müde ich bin. Und kalt ist mir auch. Bibbernd stehe ich vor meinem Vater, der sich meine Hälfte der Decke über den Bauch gezogen hat und leise schnarcht. Ich fasse ihn mit meinen kalten Händen an.

Das bringt ihn ziemlich schnell zu sich. »Hab ich geschlafen?«, fragt er und richtet sich auf.

»Ha, ha«, sage ich.

Er überprüft seine Uhr und danach den Sonnenstand und dann die inzwischen überschaubare Zahl der Badegäste. »Ich hab wirklich geschlafen …«

»Du hast drei Stunden lang gesägt«, stelle ich richtig.

»Drei Stunden?«

»Allerdings.« Ich wickle mich ins Handtuch und rolle die Badehose von meinem eiskalten Hintern. »Nicht mal die Sirene hat dich geweckt.«

»Welche Sirene, Benni?«

»Vorhin ging sie mal und dann rückte die Feuerwehr aus. Man kann nichts sehen. Wir haben's nur gehört.«

»So, so«, gähnt mein Vater und gibt es auf, den Himmel nach einem Rauchwölkchen abzusuchen.

Wir ziehen uns an.

Als wir zum Auto gehen, fragt mein Vater: »Hilfst du mir nachher beim Gießen?«

»Klar. Wenn du schon mal anfängst, einen Topf Nudeln zu kochen.«

Mein Vater lacht und fährt mir durch die feuchten Haare. Ich mache einen Sprung zur Seite und warte am Auto auf ihn. Hoffentlich bin ich bald so groß, dass es keinem mehr einfällt, mir auf dem Kopf rumzufummeln.

Mein Vater trägt Shorts. Während der Fahrt betrachte ich sein rechtes Bein von der Seite: prachtvolles Haargekräusel. Jetzt könnte es nur noch sein, dass ich nach meiner Mutter gerate. Das wäre verdammtes Pech!

Auf der Landstraße ist ungewöhnlich viel Verkehr. Auch der Radweg ist bevölkert, als hätten alle Leute vor, Großwallhausen fluchtartig zu verlassen.

Dann sehen wir die Rauchwolke am Horizont. Wenn ich mir eine Gerade denke, liegt dort Lützelheim. Zwei Dörfer sind noch dazwischen. Ich merke, wie mein Vater aufs Gas drückt.

Mit nervösem Lachen sagt er: »Es ist schon komisch. Wenn man ein eigenes Haus hat, macht man sich gleich Sorgen.«

Er wirft mir einen Blick zu. »Benni, du hast nicht zufällig einen Kurzschluss gebaut, ehe wir losgefahren sind?«

Ich schüttle den Kopf. Bin mir keiner Schuld bewusst.

»Dein Computer war nicht mehr an?«, fragt er.

»Den hatte ich heute gar nicht eingeschaltet.«

»Der Toaster ...«

»Papa, wir waren an deinem Teich, erinnerst du dich? Dann haben wir uns umgezogen und sind essen gegangen.«

»Der Föhn ...«

Mein armer Vater.

Er geht alle Haushaltsgeräte durch und verdächtigt sogar die Gefriertruhe, explodiert zu sein.

Als ihm nichts mehr einfällt, erwähne ich den Schmorbrand, der sich in unserem alten Stadtviertel mal ereignet hatte – ohne ihn darauf aufmerksam zu machen, dass meiner Meinung nach der Rauch nicht mehr über Lützelheim hochsteigt. »Nur ein defektes Kabel«, sage ich hinterhältig.

Dann vergeht mir das Grinsen mit einem Schlag. Das letzte Dorf zwischen Großwallhausen und unserem Wohnort liegt hinter uns und wir haben volle Sicht. Der Verkehr schleicht nur noch dahin, alle Leute glotzen nach rechts. Die Radfahrer versuchen, über Feldwege zum Wald zu kommen. Denn am Wald drüben steht die Rauchsäule.

Sie steht über Gregors Bienenhaus – falls mein Orientierungssinn irgendwas taugt. Mein Herz fängt wie verrückt an zu klopfen.

Das Bienenhaus ist von der Landstraße aus nicht zu sehen. Man muss erst ein Stück am südlichen Waldrand entlangfahren, bis man hinkommt. Und genau dorthin sind alle Radler unterwegs.

»Siehst du was, Benni?«, fragt mein Vater arglos. Er verrenkt sich den Hals. Dann merkt er plötzlich, dass etwas nicht in Ordnung ist. »Benni, musst du raus? Ist dir schlecht?«

Ich schüttle den Kopf. Meine Zähne schlagen aufeinander.

»Du bist ja weiß bis in die Lippen!«, ruft mein Vater.

Ich stiere ihn an und krächze: »Papa, da, wo der Rauch aufsteigt, ist das Bienenhaus!«

»O mein Gott … Bist du sicher?«

»Nein … ja … ungefähr dort ist es. Fahr hin«, flehe ich. »Bitte, bitte, fahr hin!«

Mein Vater schaut sich gehetzt um. Die Autos bewegen sich nur noch im Schritttempo. Die Abzweigung zum Wald ist von Gaffern blockiert. Als mein Vater die Einfahrt zum Feldweg erreicht, ist alles endgültig dicht.

Da hören wir die Polizeisirene in der Ferne. Die Autos auf der Landstraße machen eine Spur frei, die auf dem Feldweg fahren in die Äcker.

Mein Vater nützt den entstandenen Raum und prescht los. Erst als die Polizei schon dicht hinter uns ist, weicht er aus. Aber nur, um sich anschließend sofort an ihre Räder zu heften.

»Die sind nicht von hier«, murmelt er. »Das ist die Kripo. Unsere Polizei ist sicher schon längst da.«

Ich kriege keinen Ton heraus. Mein Hals ist wie zugeschnürt. NEIN, bitte, bitte, bitte nicht!, dröhnt mein Herzschlag. Ich klammere mich an die irrwitzige Hoffnung, dass es ein gewöhnlicher Waldbrand ist – vielleicht der Stangenwald, aus dem ich die Nadeln geholt habe.

Ich hänge ganz dicht vorn an der Scheibe, mein Vater donnert durch die Schlaglöcher, die Kripo staubt uns ein und meine Panik nimmt mit jedem Meter zu. Ich habe eine Höllenangst um Arabella, meine kluge, fleißige Königin. Und um mein starkes, unermüdliches Volk. Auch um Gregors Völker und um das Bienenhaus selbst. Ich sehe die verdammte Rauchsäule und stelle mir die tausenden von schutzlosen Bienen vor. Mir wird speiübel.

Mein Vater parkt halb im Acker. Wir können der Kripo nicht mehr weiter folgen. Denn hier ist alles voll von Leuten. Löschfahrzeuge stehen quer auf dem Weg. Rufe und Kommandos ertönen. Mein Vater sperrt das Auto ab und drängt sich mit mir durch die Gaffer. Wir riechen den Brand.

Ein Feuerwehrmann will uns zurückhalten.

»Lassen Sie uns bitte durch«, sagt mein Vater.

»Gehören Sie zur Familie?«

Als meinem Vater keine Antwort einfällt, schreie ich los: »Da sind meine Bienen drin!«

Der Feuerwehrmann guckt mich unter seinem Helm hervor mitfühlend an. »Du meinst vielleicht, da waren sie drin?« Er nimmt mich am Arm und bringt mich hin.

Ich sehe es mit einem einzigen Blick, alles. Die Büsche in der Einflugschneise sind verkohlt und zertrampelt. Dort, wo das Bienenhaus war – ja, wo es WAR –, wölbt sich ein glühender Haufen, in den der Wasserstrahl fährt und aus dem stoßweise Rauch in dicken Schwaden quillt. Es prasselt und kracht. Rings um die Lichtung sind die Bäume schwarz. Ein Baum steht noch in hellen Flammen, zwei Wasserschläuche zielen auf ihn.

Ich huste. Meine Augen brennen, als wäre das Feuer

auch in mir, in meinem Körper, und würde aus meinen Augen schlagen.

Der Feuerwehrmann hält mich noch immer am Arm fest. »Wirklich deine Bienen?«, fragt er.

Ich reiße mich los. Wo ist mein Vater? Ich sehe ihn mit einem anderen Feuerwehrmann reden. Der zeigt zu ein paar Leuten hinüber, die etwas abseits stehen. Aus der Mitte der kleinen Gruppe kommt ein Schluchzen.

Und dann setzt mir beinahe das Herz aus. Dort steht noch einer, als gehöre er nicht dazu. Er schaut unbeweglich zum glühenden Haufen hin. Es ist Gregor.

Heftig stoße ich die Hand des Feuerwehrmanns weg. Was will er denn schon wieder von mir – er soll mich doch in Ruhe lassen! Ich renne hinüber zu Gregor.

Gregor hält den Hut, den ich sonst immer auf seinem Kopf gesehen habe, in beiden Händen. Seine dünnen grauen Haarsträhnen sind nach hinten gestrichen, seine Brauen zusammengezogen.

Er muss mich kommen sehen, aber er schaut durch mich hindurch wie durch einen Fremden. Als ich vor ihm stehen bleibe, läuft ein Zittern über sein Gesicht. Das ist alles. Wie ein Windhauch, der kurz den Teich kräuselt.

»Gregor«, flüstere ich heiser, »wie ist das passiert?«

Er kneift die Augen noch etwas stärker zusammen und ballt die Fäuste um den Hutrand. Aber sagen tut er nichts.

Ich berühre seinen Arm. »Gregor ... Gregor!«

Nein, ein alter Mann weint doch nicht, oder?

Er tut es ganz lautlos. Und das ist furchtbar. In den Fältchen um seine Augen glänzt es feucht und seine Mundwinkel zucken.

Mein Gesicht verzerrt sich. Mein Hals brennt, als hätte ich Säure getrunken. Ich beiße mir die Unterlippe blutig.

»Ist das der Junge? Bist du Benjamin Wolf?«

Ich fahre herum. Es ist ein Polizeibeamter, der von mir wissen will, wo ich heute Nachmittag war.

»Beim Baden.« Ich kriege die zwei Wörter kaum heraus.

»Wie lange?«

Da ist plötzlich mein Vater an meiner Seite. Er antwortet für mich. Ich drehe mich weg und rücke dicht an Gregor heran, bis er endlich, endlich einen schweren Arm auf meine Schulter legt.

Ich fange an zu zittern.

»Benni«, sagt Gregor – und das kann jetzt nur ich hören –, »hast du gesehen, ob ich die Pfeife gelöscht habe?«

Ein paar Meter von uns weg schluchzt Oma Friedl. Irgendjemand redet tröstend auf sie ein. Rufe sind um uns herum. Wo früher das Bienenhaus stand, knistert, kracht und prasselt es noch immer.

Ich schaue stumm zu Gregor auf. Sein tief gefurchtes Gesicht ist mir so vertraut. Seine Augen haben meistens gelacht. Und seine Falten mag ich, jede einzelne. Sie gehören zu ihm.

In diesem Moment weiß ich, dass etwas unwiederbringlich vorbei ist. Dass es nie, nie mehr so sein wird, wie es war. Das Lachen in Gregors Augen hat aufgehört.

25

Seitdem sind neun Monate vergangen. Neun Monate, sollte man denken, sind eine ganz schöne Zeit, um was zu vergessen. Aber sobald ich anfange, daran zu denken, ist alles wieder haarscharf da.

Die Pfeife hatte Gregor an diesem Julisonntag gar nicht benützt. Ich war nämlich zu faul gewesen, sie anzuzünden. Wir wollten ja nur ganz kurz in ein paar Kästen reinschauen. Die Sailer-Truppe – falls sie dazu überhaupt fähig gewesen wäre – kann den Brand auch nicht gelegt haben, denn Jochen Sailer und seine Freunde waren den ganzen Nachmittag mit mir im Schwimmbad.

Ich weiß nicht, wie viel Mühe sich die Kripo gegeben hat. Rausgekriegt hat sie jedenfalls nichts. An Ausflügler hat man zuerst gedacht, die am Waldrand vielleicht ein Picknick machten. Aber den möchte ich mal sehen, der in der Einflugschneise eines Bienenhauses gemütlich seinen Kuchen isst.

Ein Versehen, eine brennende Zigarette, der heiße Motor eines geparkten Autos ... Alles wurde erwogen und zuletzt verworfen. Denn für ein Versehen lag das Bienenhaus zu sehr abseits und zu tief in der Lichtung hinter den Büschen. Es kann eigentlich nur Brandstiftung gewesen sein.

Die Kripo hat uns noch am selben Abend befragt. In einem Verwaltungszimmer der Gemeinde von Lützelheim. Ob wir einen Verdacht hätten, ob wir jemals irgendwas beobachtet hätten. Einen Menschen vielleicht, der am Bienenhaus gewesen sei oder auch nur in der Nähe.

Nichts. Weder Gregor noch Oma Friedl, noch ich konnten uns an jemand Verdächtigen erinnern. Ein Brandstifter, unvorstellbar! Beinahe hätte ich geschrien: Es gab keinen harmloseren und gemütlicheren Fleck als das Bienenhaus! Aber wie hätten die von der Kripo das begreifen sollen.

Gregor und Oma Friedl schauten sich an und wurden immer schweigsamer. Einmal ließ Oma Friedl halblaut einen Namen fallen. Aber da sie keinerlei Beobachtungen in dieser Richtung vorweisen konnte, sagte einer der Beamten scharf, das solle sie mal ganz schnell wieder vergessen.

Der andere murmelte vor sich hin: »Ja, Brandstiftung ist an Heimtücke nicht zu übertreffen.« Er war alt und ich sah, wie seine Augen immer wieder auf Gregor ruhten. So, als würde er verstehen, was in ihm vorging.

Das Schlimmste für Gregor und Oma Friedl – noch schlimmer als der Verlust ihrer Bienen und ihrer gesamten Ausrüstung – war nämlich, dass sie ihren Feind nicht kannten. Jeder Mensch in Ruppertstal, in Lützelheim und in den anderen Dörfern konnte es gewesen sein.

Mir ging das erst voll auf, als ich mir für einen Moment vorstellte, Jochen Sailer und seine Freunde wären nicht im Schwimmbad gewesen. Was würde ich dann vermuten? Auch wenn ich überhaupt keinen Beweis hätte, würde ich Jochen für immer und ewig verdächtigen. Ich spürte einen irrsinnigen Hass in mir hochkommen – allein bei der Vorstellung. Und ich musste mir schnellstens sagen: Jochen war im Schwimmbad, du hast ihn mit eigenen Augen die ganze Zeit gesehen.

Gregor erwähnte den Neid mancher Leute. Und einen Rechtsstreit, den er mal mit einem Nachbarn in Ruppertstal gehabt hatte. Aber das brachte die Männer von der Kripo nicht weiter. Beobachtungen wollten sie und Beweise. Der Abend endete ergebnislos.

Mein Vater hat sich später zu mir ans Bett gesetzt, etwas, das er seit Jahren nicht mehr gemacht hatte. Geredet haben wir nicht viel. Aber dass er da saß, hat mir gut getan.

Die letzte Schulwoche verging mir, ich weiß nicht, wie. Jochen ließ mich zufrieden. Ich merkte nur, dass er mich immer wieder mal nachdenklich beäugte. Arabella wütete wie damals bei Jenny. Wir steigerten uns gegenseitig in unsere Gefühle hinein. Nur war es eine Art Blind-Fechten: Wir trafen beide kein Ziel.

Genau wie die Polizei auch.

Dann begannen die Sommerferien. Oma und Opa

kamen und waren nervig, weil sie immer was unternehmen wollten und ich nicht. Meine Eltern erzählten ihnen natürlich, was geschehen war. Aber das taten sie ab, als wäre mir ein Kanarienvogel oder ein Meerschweinchen gestorben.

Ich bin viel allein mit dem Rad herumgefahren, manchmal durch Ruppertstal, am Haus von Gregor und Oma Friedl vorbei. Ich hab in ihren Hof geschielt und hätte auch angehalten. Aber ich war jedes Mal erleichtert, wenn ich keinen sah. Worüber hätten wir denn reden sollen?

An der Brandstätte bin ich auch oft gewesen. Ich stocherte nicht in den verkohlten Resten herum – das haben dann irgendwann andere getan. Aber den Schlüssel holte ich mir aus dem Baum. Ich rieb im Gras den Ruß ab und steckte das altertümliche Teil in die Hosentasche. Ich trat in die Pedale und die Straße verschwamm mir vor den Augen. Ein Schlüssel ohne Tür. Ein schwarz verbrannter Platz. Unschuldige Tiere, fast eine Million, darunter meine junge Königin, in Flammen aufgegangen. Und zurückgeblieben ist nichts, gar nichts als ein Schlüssel.

Arabella schrieb mir eine Karte von der Ostsee. Manuel eine aus Italien. Ich wünschte mir, die Schule würde wieder anfangen. Als Oma und Opa abreisten, atmete ich auf. Nur merkte ich schnell, dass sie mir jetzt irgendwie doch fehlten.

Am letzten Feriensonntag luden meine Eltern Gregor und Oma Friedl zum Kaffee ein. Ich war hin- und hergerissen zwischen Freude und Beklemmung. Die Einladung, die ich nie gewollt hatte. Und jetzt unter solchen Bedingungen!

Alle gaben sich Mühe, ein wenig fröhlich zu sein und von diesem und jenem zu reden. Nur mir fiel nichts Rechtes ein. Außerdem war es umsonst, denn um das unvermeidliche Thema kamen wir auf Dauer sowieso nicht herum. Und dann war sofort alles da. Die Bitterkeit. Und der Schmerz. Gregor und Oma Friedl fahren nie mehr dorthin, wo ihr Bienenhaus gestanden hat.

»Das kann ich verstehen«, sagte meine Mutter mitfühlend. »Der Platz sieht schrecklich aus.« Sie war einmal mit meinem Vater dort gewesen.

»Nicht deswegen.« Oma Friedl blickte starr und bekam nasse Augen. »Sondern wegen der Erinnerungen.« Sie schlug die Hände vors Gesicht und fing an zu weinen.

Ich schaute schnell zu Gregor hin. In meiner Brust, da wo das Herz ist, tat alles weh.

Warum sie sich keine Bienen in Ruppertstal hielten, wollte mein Vater wissen.

Gregor schüttelte den Kopf. »Wir wohnen mitten im Ort«, sagte er. »Die Nachbarn würden sich über die Bienen aufregen. Ich weiß einen Fall, wo ein Imker durch Gerichtsurteil gezwungen wurde, seine Bienen zu entfernen.«

Wir schwiegen. Meine Mutter fand ein anderes Gesprächsthema.

Später machte mein Vater einen Vorschlag. Aber Gregor winkte nur müde ab. Der Vorschlag war, in unserem Garten das Bienenhaus neu aufzubauen, mitten zwischen die Obstbäume hinein. Der Wald wäre nahe genug und in Flugrichtung hätten wir keine Nachbarn.

»Ich bin im neunundsiebzigsten«, murmelte Gregor mutlos.

»Ich nicht«, versuchte mein Vater zu scherzen. »Ich helfe mit, so gut ich kann, und ich trage die Kosten. Nur imkern kann ich nicht. Und Benni hier kann's auch noch nicht. Aber vielleicht lernen wir's ja mit der Zeit …«

Es hatte keinen Zweck. Aus Gregor war alle Kraft gewichen.

Für mich ging die Schule wieder los. Die siebte Klasse ließ sich deutlich schwieriger an als die sechste. Das hat mich ganz schön beschäftigt. Mit Arabella habe ich im Bus anfangs noch über die Bienen geredet, zum Beispiel, wie ich sie jetzt allmählich einwintern würde, wenn es sie noch gäbe. Wenn, wenn, wenn. Außerdem haben wir noch ein paar Mal Blind-Fechten gespielt, das war genauso sinnlos. Wo doch schon die Erwachsenen nicht draufkamen, wer das Bienenhaus angezündet haben könnte und warum.

Mich hat Arabella komischerweise nicht mehr angefaucht. Kann sein, dass sie ihren ganzen Zorn am Brandstifter verbraucht hat.

Es wurde Weihnachten. Meine Eltern verlangten von mir, dass ich Gregor und Oma Friedl anrufen und ihnen ein frohes Fest wünschen sollte. Das konnte ich beim besten Willen nicht – es wäre mir wie Hohn vorgekommen. Obwohl meine Mutter mir einreden wollte, Gregor und Oma Friedl hätten schließlich nicht nur die Bienen gehabt, sondern sie besäßen auch Kinder und Enkel und damit Grund genug, das Leben trotzdem schön zu finden. Ich glaubte es nicht. Ich hatte Gregors Augen gesehen.

Meine Mutter diktierte mir daraufhin den Text für eine Weihnachtskarte. Die schickte ich ab.

Ein paar Tage später rief Oma Friedl an. Sie fragte mich über die Schule aus und über die Ferien. Über das wahre Thema haben wir nicht geredet. Oma Friedl hat mich eingeladen, sie und Gregor mal zu besuchen. Ich habe es nie getan.

Im Januar wurde ich dreizehn. Im Februar jährte sich der Umzug. An Augsburg und an meine alten Freunde dort denke ich kaum mehr, ich bin inzwischen ganz gern in Lützelheim und an meiner neuen Schule in Großwallhausen.

Ich habe angefangen, an manchen Nachmittagen in der Kreisstadt zu bleiben. Da machen wir dann Computerspiele bei einem aus der Klasse. Auch Manuel ist gelegentlich dabei und nervt uns mit seinem Hausaufgabengejammer.

Nicht, dass ich darüber die Bienengeschichte restlos vergessen hätte – ich habe nur Monate lang versucht, das Kapitel als abgeschlossen zu betrachten, damit es aufhörte, wehzutun. Gregor und Oma Friedl sind mir so weit weg gerückt wie mein richtiger Opa und meine richtige Oma, die ab und zu von Mallorca anrufen.

Ja, wenn es Winter geblieben wäre, mit der grauen, toten Natur!

Aber dann kam der Frühling. Da fing etwas an, das ich zuerst nicht begriff. Eine Blüte oder ein Vogelruf versetzte mir plötzlich einen feinen, schmerzenden Stich. Oder eine Hummel, die sich auf die Terrasse verirrte. Mir passierte wahrscheinlich das, was Oma Friedl mit Erinnerungen gemeint hat.

26

Die Kirschbäume haben ihre Blüten geöffnet. Diesmal reicht der Stuhl nicht mehr aus: Mein Vater hat die Standleiter in den Garten geschleppt, um seine komische Pinselbestäubung durchzuführen.

Ich sehe ihn von der Baumfestung aus. Das Baumhaus hat die Sailer-Truppe überdauert und gehört jetzt endgültig mir. Ich weiß nicht, was Jochen und seine Freunde dieses Jahr treiben. Vielleicht sind ihnen die Kampfanzüge inzwischen ja zu klein geworden. Wäre gut möglich, denn auch ich bin gewachsen und habe Arabella fast eingeholt – bis zur Badesaison dürfte ich es ganz geschafft haben.

Ich habe mir ein Buch mitgenommen. Aber ich lese nicht. Ich kann sehen, wie meine Mutter die Abfallschüssel zum Kompost bringt und ausleert. Am anderen Ende des Gartens, dort, wo die Straße vorbeiführt, steht ein Spaziergänger am Zaun. Er stützt sich auf den Pfosten und schaut zu meinem Vater hinüber. Er trägt einen Filzhut. Moment, er sieht aus wie …

Das darf doch nicht wahr sein! Er sieht aus, wie Gregor aussehen würde, wenn er da stehen würde. Es könnte Gregor sein! Der Hut, die Haltung!

Ich kriege Herzklopfen. Die große Wiese und unser

Garten liegen dazwischen, deshalb bin ich mir nicht sicher. Unbeweglich lehnt der Mann am Zaun.

Ich stoße mich von der Brüstung ab und will schon loslaufen, aber die Angst, enttäuscht zu werden, hält mich zurück. Wenn er's nun doch nicht ist ... Weit beuge ich mich vor und verenge die Augen. Wenn Gregor jetzt wirklich bei uns am Zaun steht, dann werfe ich gleich mein Buch hinunter ins Gras, rutsche den Stamm hinab und renne in Riesensätzen über die Wiese.

Ich sehe alles genau vor mir, wie es dann sein wird: Atemlos komme ich bei Gregor an. Er nimmt den Hut ab und streicht sich die Haare nach hinten, wie er es immer getan hat. Sie sind noch etwas dünner geworden. Dann stülpt er sich mit leicht vorgebeugtem Kopf den Hut wieder auf und schiebt ihn in den Nacken – auch das erkenne ich wieder.

»Benni, du bist ja gewachsen«, sagt er.

Er trägt seine blaue Latzhose, den groben Kittel und die schweren Arbeitsschuhe.

»Ja.« Sonst fällt mir nichts ein. Aber Gregor kann an meinen Augen ablesen, wie sehr ich mich freue.

»Geht's dir gut?«, höre ich ihn schon sagen. Weil ich nicht gleich antworte, dreht er sich unschlüssig um. Wie einer, der eigentlich nicht weiß, wozu er gekommen ist.

Das ist der Moment, um hastig das Gartentor aufzudrücken. Wenn ich noch lange warte, geht er am Ende wieder weg!

»Wir sind alle im Garten«, rufe ich ihm am besten zu. Und: »Mein Vater bestäubt die Kirschbäume!« Dann laufe ich Gregor ungeduldig voraus, ich kann nicht anders.

Aber Gregor ist nicht so schnell. Er setzt bedächtig einen Fuß vor den anderen und schaut das Haus an, die Tulpen, den Rasen. Ich werde vor Ungeduld kribbelig und brülle schon von weitem nach meinem Vater: »Papa!«

Mein Vater ist dann genauso überrascht wie ich. Er steckt den Pinsel in die Hosentasche und steigt von der Leiter herunter. Er freut sich natürlich. Er kennt Gregor schließlich nur so: ohne die Bienen, ohne die Pfeife, ohne den Geruch nach Wachs und Rauch und Honig. Und ohne sein Lachen.

Für mich ist es anders. Aufgeregt bin ich natürlich, freuen tu ich mich auch. Aber trotzdem ... Mir fehlt was an Gregor. Als könnte er zum Beispiel nicht mehr laufen und säße plötzlich im Rollstuhl.

Jetzt schlendert auch meine Mutter herbei. Die drei fangen ein Gespräch an über den Garten, das Haus, das warme Wetter, die frühe Blüte und am Ende sogar über meinen Urgroßvater. Dazu gehen sie nach Art der Erwachsenen zwischen den Bäumen umher. Ich könnte mir denken, dass Gregor den Baumschnitt lobt und sich nach den Obstsorten erkundigt. Mein Vater wirft Namen hin wie Boskop und Williams Christ.

Ich warte noch, bis sie bei der Kätzchenweide

angekommen sind. Dann halte ich es nicht mehr aus und sage zu ihren Rücken gewandt: »Auf den Weidenkätzchen war wieder keine Biene.«

Gregor dreht sich nicht gleich um. Er nimmt nur den Filzhut ab und streicht sich die Haare nach hinten. Danach setzt er ihn bedächtig wieder auf. Ein Schweigen folgt meinen Worten. Im Gras summt eine Hummel. Vom Wald her hört man die Vögel zwitschern.

Ich warte darauf, dass mein Vater endlich den Mund aufmacht: »Haben Sie über meinen Vorschlag noch mal nachgedacht, Herr Kamp? Ich weiß ja nicht, welches Plätzchen geeignet wäre …«

Jetzt muss Gregor reagieren, er muss!

Erst mal massiert er sich natürlich gründlich den Hals und die Wangen. Dann dreht er sich um und startet einen Rundblick, das war immer seine Spezialität. Lässt überall seine Augen verweilen, für eine lange Sekunde auch auf mir. Und dann redet er.

Ja, genauso wird es sein.

Ich stehe noch immer auf der Baumfestung und kneife die Augen zusammen. Wenn das da drüben – jenseits von Wiese und Garten – wirklich Gregor ist, der Gregor, den ich kannte, dann ist er nicht hergekommen, um zu sagen: »Nein, das ist endgültig vorbei.« Oder: »Ich bin zu alt.« Oder: »Ach nein, wozu.«

Wenn einer so dasteht, dann hat er was vor. Er wird

auf den Vorschlag meines Vaters zumindest sagen: »Man könnte noch mal darüber reden.« Wahrscheinlich wird er es murmeln und sich dabei übers Kinn streichen. Dass er einfach Ja sagt, damit darf ich nicht rechnen.

Wenn er überhaupt Gregor ist. Aber weil er sich noch immer nicht bewegt, denke ich, es kann niemand anderes sein. Warum sonst sollte jemand so lange da stehen?

Komisch, ich hab gar keine Angst mehr, dass er sich einfach umdrehen und wieder gehen könnte. Ich nehme jetzt mein Buch unter den Arm und klettere in aller Ruhe den Stamm hinunter.

Während ich über die Wiese auf unseren Garten zugehe, überlege ich, dass es nicht mehr sein wird wie früher. Wir sind alle ein bisschen älter geworden. Das Bienenhaus im Wald – für mich einmal der sicherste Ort der Welt – ist schneller weg gewesen, als ich schauen konnte. Und nur, weil es irgendeinem ein Dorn im Auge gewesen ist. Ich kann mich auch nicht darauf verlassen, dass Gregor neunzig wird. Nichts ist sicher. Nicht einmal, dass der Mann da drüben wirklich Gregor ist.

Wie kommt es dann aber, dass ich mich auf einmal so irrsinnig freue? Wie ist das nur möglich?